Plato's Alarm Clock
And Other Amazing Ancient Inventions

옮긴이 안희정

서강대학교 영문학과를 졸업하고 이화여자대학교 대학원 미술사학과에서 석사학위를 받았다. 청소년, 미술, 인문 책을 편집하고 번역하는 일을 하면서 틈틈이 나무를 품는 꿈을 꾸고 있다. 옮긴 책으로 『인류, 우리 모두의 이야기』, 『나쁜 과학자들』, 『논리 사이다』 등이 있다.

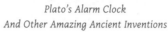

Plato's Alarm Clock
And Other Amazing Ancient Inventions

방구석 박물관

플라톤의 알람시계부터 나노 기술까지
고대인의 물건에 담긴 기발한 세계사

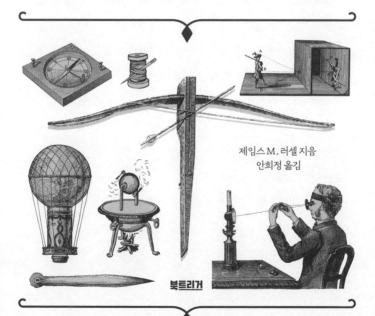

제임스 M. 러셀 지음
안희정 옮김

북트리거

박물관을 둘러보기 전에…

현대를 살아가는 우리는 자신이 제법 똑똑하다고 생각합니다. 인터넷과 놀라운 의학 지식, 우주선과 자율 주행차를 그 증거로 들지요. 하지만 내일 당장 무인도에 고립된다면? 우리 대부분은 불을 피우거나 물고기를 잡는 일도 하지 못해 눈앞이 깜깜할 것입니다. 지금 우리가 의존하고 있는 놀라운 기술을 재건할 생각은 꿈도 못 꿀 것이고요.

우리는 우리의 선조보다 결코 더 현명하지 않습니다. 다만 우리는 수백 년간 축적된 기술 발전에 의존할 뿐입니다. 고대인 대다수는 우리가 아는 것보다 훨씬 똑똑했습니다. 사실, 근래의 발명품 중에도 수백 년 전에 발견되었다가 사라졌던 것들이 있습니다. 오늘날 쓰이는 도구와 기계 중 많은 것이 고대 발명품에서 유래했지요. 종이, 지렛대와 기어, 수많은 일상용품 등의 역사는 생각보다 훨씬 더 깊습니다. 이를테면 아스테카 사람들은 껌을 씹었고, 석기시대에도 뇌수술이 집도되었으며, 중국인은 수천 년 전부터 비단옷, 유황성냥, 화장실용 휴지를 사용하고, 위스키를 마셨습니다.

지금 우리의 지식으로는 이해하지 못하거나, 우리의 현재 지식을 넘어선 고대 기술에 관해서는 말할 것도 없습니다. 한때 세상에서 가장 단단했던 다마스쿠스 강철을 만드는 법은 지금 아무도 알지 못합니다. 마야 사람들이 방수 염료를 어떻게 만들었는지도 모릅니다. 또 그리스의 불, 그러니까 물속에서도 꺼지지 않던 비잔틴 시대 화학무기의 비밀 앞에서도 깜깜합니다.

　　이 책은 시기를 넘나들며 세계 전역의 고대 기기, 발명품 수백 가지의 이야기를 그러모았습니다. 최초의 망원경부터 석궁 발명, 그리고 에트루리아의 의치부터 고대 중국의 자동 시계까지 망라했습니다. 과거 기술의 발전을 엿보는 매우 흥미로운 경험이 될 것입니다.

박물관 안내자

제임스 M. 러셀

- 전시관 목록 -

[제1전시실] 생활용품

[제2전시실] 기계 및 기술

[제3전시실] 미스터리한 것들

[제6전시실] 과학기술

제
1
전
시
실

－
생
활
용
품
－

달력
Calendar

처음 발명된 곳: 스코틀랜드
시기: 기원전 8000년 무렵

아주 오랜 옛날부터 인류는 하늘, 그리고 그곳에 자리잡은 해와 달에 빠져들었습니다. 인류가 이 두 천체의 변화를 꾸준히 파악하기 시작한 것은 너무나 당연하고 자연스러운 일이었습니다. 낮에서 밤으로 시간이 흐르는 것은 명확한 이치지요. 초승달에서 보름달로, 다시 초승달로 돌아오기까지 주기도 일정하고요. 수렵이나 채집을 하여 살아가던 이들이나 먼 옛날의 농부들에게는 1년마다 주기적으로 반복되는 계절의 순환을 이해하는 일이 엄청나게 중요했습니다.

그런데 계절의 순환을 파악하겠다고 하늘을 관찰하기만 해서는 택도 없습니다. 관찰한 온갖 내용을 해석해 내야 하지요. 이것이야말로 복잡한 문제였습니다. 이를테면 달이 지구를 1번 공전하는 데 걸리는 시간은 29.5일이고, 12번이면 354일이 됩니다. 이렇게 계산된 음력은 태양력으로 계산된 365.24일과 맞지 않지요. 그래서 사람들은 어긋나는 날짜를 덧붙여서 달력을 보완하곤 했어요. 윤달을 두는 등의 방식을 썼던 것입니다.

청동기시대 이전부터 갖가지 달력이 쓰였던 것은 분명

합니다. 대략 5,000년 전에 *수메르, 이집트, 아시리아문명에서 역법(曆法)이 사용되었다는 문자 기록이 남아 있습니다. 하지만 최근 스코틀랜드 애버딘셔주 크래시스 성(Crathes Castle)의 들판에서 발견된 고고학 유물을 통해, 달력이 훨씬 이전부터 사용되고 있었음을 알게 되었지요.

지금으로부터 1만 년 전에 만들어졌다고 추정되는 이 유적에는 일렬로 늘어선 열두 개의 구덩이가 포함되어 있습니다. 이 구덩이 각각에 나무 기둥을 세우고 달의 위상(모양) 변화를 표시했던 것으로 짐작됩니다. 이렇게 관찰한 달의 삭망 주기를 기준으로 달력을 만들었을 것으로 추정되지요. 하지만 이 방식은 지구의 공전 주기와 일치하지 않고, 따라서 계절의 흐름과도 맞지 않았습니다. 이런 문제를 해결하기 위해 구덩이 달력은 해마다 동지(冬至) 해돋이에 맞추어 조정되었던 듯합니다.

이 달력은 중석기시대(구석기와 신석기의 중간으로, 모두 뗀석기를 썼다: 옮긴이)에 그 지역에 살았던 이들, 그러니까 농경사회 이전의 인류가 역법을 깊게 이해하고 있었으며, 이미 정밀한 수준에 도달해 있었음을 보여 줍니다. 이 유적에 대한 발굴과 과학 연구를 이끌었던 고고학자 빈스 개프니 교수는

---

* 지금의 이라크 지역에 해당한다. 수메르는 티그리스·유프라테스 두 강으로 형성된 지역으로, 기원전 5000년경부터 농경민이 정주하여 기원전 3000년경에는 오리엔트 세계 최고의 문명을 창조하였다.

말합니다. 이 달력을 통해 인류는 "이렇게 시간을 단위로 구축하는 데 중요한 한 걸음을 내딛게 됩니다. 비로소 역사가 시작될 수 있었던 것입니다".

플라톤의 알람시계

Plato's Alarm Clock

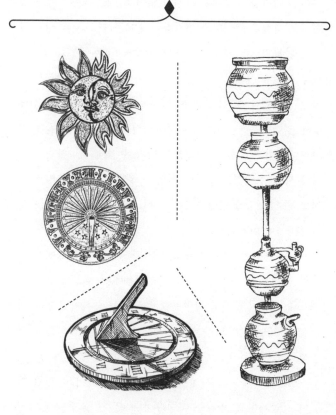

시기: 기원전 4세기

우리는 이따금 옛날에는 시계가 없어서, 사람들이 아주 느긋하게 생활했을 것이라고 생각합니다. 하지만 그들의 삶이 그리 간단하지만은 않았어요. 옛사람들도 바쁜 일정을 소화하려고 방법을 찾아 헤맸지요. 예를 들어, 그리스의 철학자 플라톤^{Plato, 기원전 427~347}은 그렇지 않아도 바빠 죽겠는데 아침에 늦게 일어나는 게 큰 고민이었습니다. 그의 수업을 듣는 아카데메이아 학생들이 늦잠을 자다가 수업에 지각하는 것도 마음에 들지 않았지요. 플라톤은 어떻게 하면 아침 일찍 일어날 수 있을지 고민했습니다. 그리고 고민 끝에 알람시계를 발명하기에 이릅니다.

이미 기원전 16세기 무렵부터 바빌론과 이집트에서 간단한 물시계가 쓰이고 있었습니다. 통에서 물을 조금씩 흘려보내 시간이 얼마나 지났는지 측정하는 방식이었지요. 기원전 4000년에 인도와 중국에서도 이런 시계가 쓰였을 가능성이 큽니다.

그러나 플라톤의 시계는 보다 혁신적이었어요. 알람 기능이 있었거든요. 원리는 이렇습니다. 맨 위 첫 번째 항아리의 물은 대롱을 통해 점차 아래쪽의 용기로 흘러들어갑니다. 두 번째 항아리 안에는 ∩ 자 모양의 굽은 관이 중앙에 들어 있는데, 대기의 압력에 의해 서서히 항아리 안의 물이 관을 타고 올라가게 되지요. 그러다 두 번째 항아리 안 물의 높이가 정점에 이르면, ∩ 자 관과 연결된 대롱을 타고 물이 세 번째 용기 안으로 쏟아져 내립니다. 이때 플라톤은 세 번째 항아리에 위아래로 작은 구멍을 하나씩 내고 완벽히 밀폐했습니다. 이렇게 하면 물이 한꺼번에 아래로 떨어지면서 항아리 안의 공기가 위쪽 구멍을 통해 빠져나가고, 이때 호루라기를 불 때처럼 소리가 나는 것이지요. 그 뒤 이 물은 천천히 아래 구멍을 통과해 네 번째 항아리에 모이는데, 이 물을 다시 첫 번째 항아리에 넣으면 계속해서 같은 시간에 알람을 울릴 수 있었다고 해요. 그리하여 플라톤의 학생들은 기발한 자명종 시계가 내는 시끄러운 휘파람 소리를 들으며 매일 아침 잠에서 깰 수 있었답니다.

또 다른 초기의 자명종들도 이와 비슷한 방식으로 작동했습니다. 그중에는 물을 가득 채운 용기가 무게에 의해 아래에 있는 탁자 위로 와르르 떨어지는 과정에서 요란한 소리를 내는 시계가 있었습니다. 그런가 하면 금속 구슬이 박힌 초를 시계로 쓰기도 했는데, 이 초에 불을 붙이면 밀랍이 녹고 구슬이 떨어지면서 시간을 가늠하도록 고안되었지요.

양봉
Beekeeping

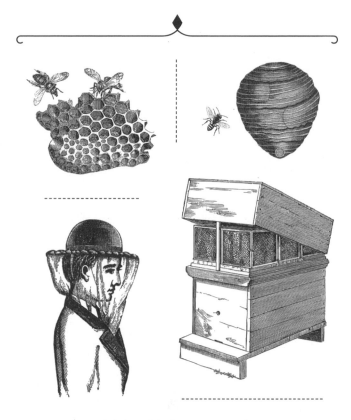

관련된 유적이 있는 곳: 스코틀랜드
시기: 기원전 8000년 무렵

벌은 인간보다 진화의 역사가 긴 생물입니다. 역사 속에서 인간은 어떻게 하면 벌꿀을 얻을 수 있을지 그 방법을 내내 고민해 왔습니다. 8,500년 전에 그려진 에스파냐의 바위그림에는 야생벌 벌집에서 꿀을 훔치는 사람의 모습이 나타나 있지요.

아마 이 꿀은 자연산 벌꿀일 확률이 높습니다. 벌을 벌통에서 기르는 인공적인 방식의 양봉은 먼 훗날에 이루어지거든요. 이집트 제5왕조(기원전 2498~2345년) 시기에 세워졌다고 짐작되는 아부시르신전에는 벌꿀 생산의 전 과정이 담긴 벽화가 있습니다. 벌통에서 벌집을 꺼내기 시작해서 꿀을 단지에 따르는 모습이 그려져 있지요.

벌꿀은 쓰임새가 많았습니다. 요리할 때뿐만 아니라 수많은 이집트 약물의 핵심 성분으로도 사용되었어요. 이렇게 유용한 벌꿀을 생산하기 위해 이집트인들은 말린 진흙으로 벌통을 만들었습니다. 더 나아가 그리스인과 로마인들은 점토로 만든 벌통을 이용하기도 했지요. 고대 이집트의 꿀 생산량은 그야말로 어마어마한데, 기원전 12세기에 3만 단지가 넘는 꿀이 신에게 공양되었다는 사실만 보아도 그 규모를 짐작할 수 있습니다.

그런데 이렇게 대단한 벌꿀을 마다한 이들도 있었습니다. 벌꿀을 거부한 몇 안 되는 문명 중 하나가 바로 스파르타입니다. 스파르타의 남성들은 남자다움을 과시하면서, 꿀로 만든 케이크를 두고 "남성들이 금해야 할 음식"이라 묘사했다고 합니다. 그러나 대개 어디서든 꿀은 매우 환영받았습니다. 로마인이 일상적으로 건넸던 축복 인사만 봐도 꿀이 얼마나 사랑받았는지 알 수 있습니다. "당신에게 꿀이 뚝뚝 떨어지기를 빕니다."

꿀을 따는 사람을 그린 중석기시대의 바위그림

자동 시계

Mechanical Clock

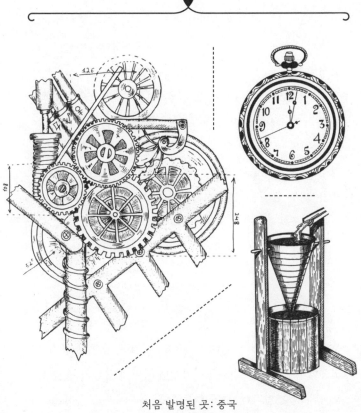

처음 발명된 곳: 중국

시기: 8세기

당나라의 승려이자 천문학자인 일행一行, 683?~727은 725년에 혼상(渾象)이라는 물시계를 만듭니다. 혼상은 중국 후한(後漢) 시대의 과학자 장형張衡, 78~139이 만든 수운혼상(水運渾象)을 발전시킨 것으로서, 천문 관측기인 동시에 시계 역할도 했어요. 그런데 엄밀히 말해 혼상이 물시계는 아닙니다. 물의 양을 헤아려서 시간을 재는 방식은 아니거든요.

하지만 이 장치가 수력을 이용해 움직인 것은 맞습니다. 일정한 속도로 물이 떨어지면서 시계가 작동했는데, 완전히 한 바퀴 돌리는 데는 24시간이 걸렸습니다. 내부의 기계장치는 금과 청동으로 이루어졌고, 톱니바퀴와 갈고리, 핀, 손잡이, 잠금장치와 막대기가 맞물려 있었습니다. 자동으로 한 시간마다 종이 울렸으며, 15분마다 막대기가 북을 쳐서 시간을 알렸다고 해요.

또 다른 자동 시계는 '우주 엔진'이라는 거창한 별명이 붙은 '수운의상대(水運儀象臺)'예요. 이것은 중국의 발명가 소송蘇頌, 1020~1101이 1086년과 1092년 사이에 북송의 왕을 위해 만든 물건입니다. 그가 만든 자동 천문시계는 여러 층으로 된 데다가, 높이가 10미터 이상인 대형 시계탑이었습니다. 청동으로 만들어진 이 시계 역시 수력으로 작동합니다. 꼭대기의 단에 올린 구가 행성의 움직임을 추적했고요. 안타깝게도 이 시계는 1126년 북송이 타타르족에게 점령되면서 유실되었습니다.

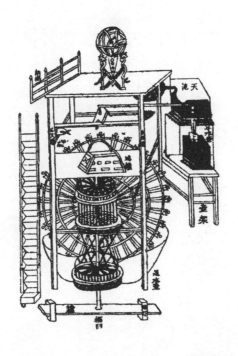

소송의 저서에 있는 수운의상대의 구조를 묘사한 그림.
수운의상대는 물의 낙하와 압력에 의해 발생하는 에너지를
동력으로 삼아 움직였다.

초콜릿

Chocolate

처음 만들어진 곳: 중앙아메리카

시기: 기원전 1750년 무렵

오늘날 누구나 사랑하는 초콜릿이 한때는 신(神)들의 음료였고, 또 화폐로 쓰인 적도 있다는 사실을 알고 있나요?

먼저 초콜릿이 어떻게 만들어지는지 살펴봅시다. 초콜릿은 카카오나무의 열매로 만듭니다. 카카오나무 원산지는 중앙아메리카의 열대 지역이에요. 카카오 열매는 길쭉한 모양의 꼬투리 안에서 자라는데, 열매 안에는 하얗고 끈적끈적한 펄프로 싸인 카카오 콩이 35알가량 들어 있습니다. 카카오 콩은 쓴맛이 강해요. 그래서 처음에 사람들은 달콤한 맛이 나는 펄프를 먹거나 마셨을 겁니다. 그러다 카카오 콩을 발효시켜서 음료를 만들어 내게 되었고요. 이런 조리법을 보여 주는 가장 오래된 고고학 증거가 있습니다. 바로 기원전 1750년 무렵의 진흙 그릇에서 나온 카카오 음료 찌꺼기입니다. 이 시기의 카카오 음료는 쓴맛이 강했을 것이 분명합니다. 단맛을 내는 사탕수수가 아직 중앙아메리카에서 재배되기 전이었기 때문이지요.

처음에 카카오 음료가 어떤 식으로 만들어졌는지는 알 수 없지만, 이후 마야문명이 남긴 증거에서 그 실마리를 얻을 수 있습니다. 13~14세기 무렵의 자료를 보면, 카카오가 신성한 음료로 여겨졌다는 사실을 알 수 있지요. 마야인은 카카오 열매가 신의 핏방울에 의해 숙성된다고 믿었어요. 그들은 카카오 가루와 물, 옥수수 가루와 고춧가루를 섞어 음료를 만들었는데, 흥미롭게도 이 카카오 음료를 마시면 남성의 정력이 왕성해진다고 믿었습니다. 쓴맛이 강한 발효 음료를 이 컵에서 저 컵으로 따라서 거품을 올렸지요. 아! 여성들은 카카오 음료를 마실 수 없었습니다. 정력제의 효과가 여자에게도 영향을 미칠까 걱정되어서라나요.

14~16세기 동안 오늘날 멕시코(마야 지역의 북쪽)의 광대한 지역을 다스리던 아스테카왕국에서, 카카오 콩은 값비싼 상품이었습니다. 건조한 기후에서는 카카오 콩이 자라지 않았으므로, 아스테카왕조는 남쪽 지역의 피지배민들에게 카카오 콩을 세금으로 부과하여 이를 얻었습니다. 이런 희소성 때문에 카카오 콩은 화폐로도 널리 쓰였어요.

아스테카왕국은 16세기에 에스파냐의 침략을 받고 멸망의 길을 걷는데요. 처음에 에스파냐 침략자들은 그들의 포로들이 카카오 콩을 엄청나게 숭배한다는 사실을 눈여겨볼 수밖에 없었습니다. 침략자들은 카카오의 특징을 알아내기 위해 심문을 벌이기도 했지요. 곧 이 음료는 원래의 쓴 형태로 에스파냐에 들어왔습니다. 유럽 사람들은 이것에 꿀이나 설탕 등을 넣어 달달하게 만들었고, 드디어 오늘날의 초콜릿이 탄생하게 되었답니다.

우산

Umbrella

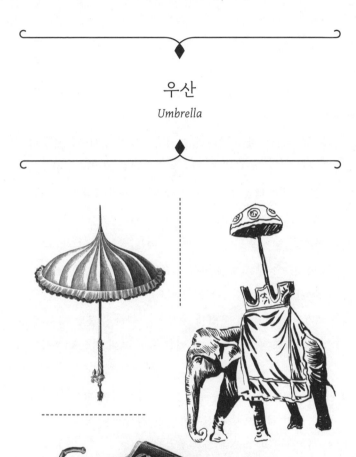

최초의 기록이 발견된 곳: 이라크
시기: 기원전 2400년

처음에 우산은 햇빛 가리개, 그러니까 양산의 기능을 했습니다. 이는 일부 앞서간 문명이 온화한 기후 지역에서 발생하고 발전했기 때문입니다. 우산에 대한 가장 오래된 증거는 기원전 2400년으로 거슬러 올라갑니다. 아카드제국(오늘날 이라크)의 왕 사르곤의 승전 기념비에는, 군대를 거느리고 앞서 걸어가는 왕의 옆에 서서 시종이 파라솔을 높게 펼쳐 해를 막아 주는 장면이 나타나 있지요.

기원전 1000년 무렵에 우산은 고귀한 신분만 가질 수 있는 징표로 여겨졌습니다. 예를 들어 고대 이집트 부자들은 햇볕에 그을린 피부를 두고, 들판에서 일하는 평민들이나 그런 피부색을 갖게 되는 것이라며 얕잡아 봤습니다. 평민과 달리 파라오처럼 신분이 높은 사람들은 머리 위에 햇빛 가리개를 든 시종과 함께 묘사되었지요.

처음에 양산은 금세 찢어지고 방수도 되지 않아서, 폭풍우가 들이칠 때는 아무 소용이 없었을 겁니다. 예를 들어 기원전 1000년대쯤 중국의 양산은 실크로 만들어졌지요. 제대로 된 우산은 북위 왕조 시기(386~534년)가 되어서야 제작됩니다. 이때 비로소 두꺼운 닥종이에 기름을 먹여 물이

스며들지 않는 우산이 만들어졌습니다. 이 시기에 이르러서야 우산에는 갑작스러운 폭우로부터 사람을 지켜 주는 새로운 기능이 추가되었답니다.

변기에 관한 짤막한 역사 이야기

A Brief History of the Lavatory

초기 유물이 발견된 곳: 스코틀랜드, 파키스탄

시기: 5,000여 년 전

지금껏 인류는 어떻게 그리고 어디서 '볼일을 보아야' 하는
지를 수없이 고민해 왔습니다. 이 딜레마는 선사시대로 거슬
러 올라갑니다. 당시에는 땅이 움푹하게 파인 구덩이에서 대
소변을 처리하는 것이 가장 흔한 해결책이었지요. 그러다 지
난 5,000여 년 동안 인류는 이런저런 종류의 변기를 만들어
쓰기 시작합니다.

◆ 스코틀랜드 북부 오크니섬에는 스카라 브레(Skara
   Brae)라는 석기시대 마을 유적이 있습니다. 고고학자
   들은 이 유적지 집들 돌벽 안쪽에서 화장실로 쓰인
   듯한 움푹한 벽 구멍을 찾아냈습니다. 5,000여 년 전
   에 만들어진 이 변기 아래로는 배설물을 흘려보내는
   배수구가 있었습니다.
◆ 같은 시기, 파키스탄 인더스계곡에 들어선 고대 도시
   모헨조다로의 집들에서도 비슷한 구조의 화장실이
   발견되었습니다. 나무 변기 시트의 흔적이 발견된 벽
   돌 구멍이 아래에는 배수구가 있고, 배수구의 물들은
   공동 하수구로 흘러가게 되어 있었지요.

◆ 기원전 2000년 무렵 건설된 고대 메소포타미아의 도시 에슈눈나의 궁전에는 공중화장실이 있었습니다. 벽돌을 층층이 쌓고 가운데에 구멍을 낸 변기 6개가 나란히 배치되어 있었지요.

◆ 기원전 17세기에 지어진 크레타섬의 크노소스궁전은 정교한 화장실을 갖추었습니다. 청소하기 쉬운 석고 슬래브로 벽을 세운 방 안에 토기로 만든 변기가 있었지요. 테라코타 배관을 통해 화장실로 흘러들어 오는 물로 이 방을 세척할 수 있었습니다.

◆ 기원전 14세기 무렵 이집트에서는 열쇠 구멍 모양의 구멍이 난 석회암 변기를 만들어 썼습니다. 변기 아래에는 간간이 비워 주어야 하는 이동식 항아리가 있었고요. 좌석 양쪽의 빈 공간에는 모래가 준비되어 있었는데, 사람들은 볼일을 보고 난 뒤에 이 모래를 변기 아래로 투하했습니다.

◆ 최초라고 알려진 휴대용 변기도 기원전 14세기 이집트에서 만들어졌습니다. 이집트 테베의 한 무덤 유적에서 최초의 휴대용 변기가 발견되었지요. 토기 용기 가운데에 큰 구멍이 뚫린 나무 좌석을 올린 형태였습니다.

◆ 시간이 흘러 로마제국 시기에는 변기가 더욱 정교하고 세련된 모습을 갖춥니다. 315년에는 로마 중심지

에만 모두 144곳의 공중화장실이 만들어졌지요.

◆ 로마인이 수세식 변기를 처음으로 고안했다고 알려
져 있습니다. 그런데 이들의 변기가 항상 위생적이지
는 않았습니다. 놀랄 정도로 많은 수의 변기가 부엌
안, 음식을 만드는 장소 가까이에 있었거든요. 그 이
유는 부엌 하숫물과 사람의 분뇨를 똑같은 하수구에
흘려보내 처리해야 했기 때문입니다.

◆ 화장실 휴지가 나오기 전까지 사람들은 흔히 이끼를
휴지로 사용했습니다. 서양의 성과 수도원 화장실에
서는 늘 마른풀과 밀짚을 옆에 쌓아 두고 썼답니다.

2세기 그리스의 공중화장실. 좌석이 대리석으로 되어 있다.

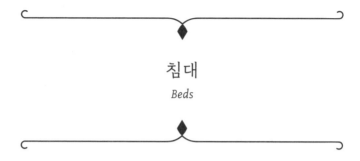

침대
Beds

최초의 증거가 발견된 곳: 스코틀랜드 오크니섬 스카라 브레
시기: 5,000여 년 전

사람들은 언제부터 침대에서 잠들었을까요? 5,000년 전에 조성된 오크니섬의 석기시대 마을 스카라 브레에서는 가장 오래된 변기뿐 아니라 꽤나 정교하게 만든 침대도 나왔습니다. 석기시대라니, 우리 생각보다 훨씬 오래전부터 침대를 사용했던 것이지요. 시간이 지나면서 침대는 더욱 정교한 모양으로 만들어졌습니다.

오크니섬은 나무가 드문 곳입니다. 돌집에 살던 주민들은 가장 흔한 자원인 돌을 쌓아 올려서 침대를 만들었습니다. 사람들은 돌침대를 가장 추운 바깥벽에서 가능한 한 멀리 떨어뜨려 안쪽 벽에 붙였어요. 매트리스 재료로는 마른 이끼를 사용했을 것으로 추정됩니다.

침대와 매트리스는 수백 년 동안 발전을 거듭했습니다. 중세 시대 들어서 사람들은 천이나 카펫에 깃털, 동물털이나 사람 머리카락을 채운 일종의 매트리스를 올렸습니다. 또한 침실 근처에 커튼이나 휘장을 둘러쳐서 빛을 차단하고 프라이버시를 지킬 수 있는 공간을 확보하고자 했지요. 물론 가난한 집들 대부분은 여러 사람이 함께 침대를 사용해야 했지만요. 그런가 하면 이때까지도 나무 침대는 여전히 사치품이었습니다.

12세기부터 부자들을 위해 아름답게 조각된 침대들이 만들어졌습니다. 이때 최초의 접이식 침대가 제작되기도 했지요. 밤에는 펼쳐서 침대로 쓰다가 낮 동안에는 오늘날의 소파 베드처럼 접어서 소파로 활용할 수 있었습니다.

자물쇠와 열쇠

Locks and Keys

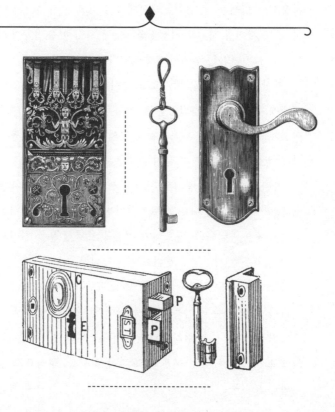

처음 사용된 곳: 아시리아제국

시기: 기원전 1700년

자물쇠와 열쇠는 역사적인 맥락에서 살펴볼 만한 물건입니다. 개인 자산을 지키고 사생활을 보호하고자 하는 욕구에서 태어난 물건이라는 점에서 그렇습니다.

가장 오래된 자물쇠는 고대 아시리아제국의 수도였던 니네베 유적에서 발견되었는데요. 나무 핀으로 열리는 자물쇠였지요. 열쇠를 넣으면 자물쇠 안의 핀이 홈 안으로 올라가 장애물을 제거하면서 문이 열리는 원리를 이용했어요.

기원전 700년에 출간된 호메로스의 『오디세이아』에는 영웅 오디세우스의 아내 페넬로페가 열쇠를 다루는 장면이 묘사되어 있습니다. 페넬로페가 귀중품 보관실 문을 열어서 남편의 활을 가져오려고 했다는 부분입니다.

『오디세이아』를 통해 살펴볼 수 있듯, 이 시기 자물쇠는 부자나 지체 높은 사람들의 건물 안에서 매우 특별한 목적으로만 쓰였습니다. 생각해 보면, 적으로부터 방어하는 목적으로 자물쇠를 다는 것은 별 효과가 없지요. 성벽으로 둘러싸인 도시들은 자물쇠를 잠그는 대신 더 튼튼한 방어벽을 쌓으려고 했을 테니 말입니다. 그리고 평민의 집 역시 자물쇠가 필요 없었습니다. 그곳에는 훔쳐 가고 싶을 만큼 값나

가는 물건이 있을 리 만무하니까요. 자물쇠는 귀중한 물건들을 숨기거나 안전하게 보관해야 했던, 가장 부유하고 힘 있는 사람들의 집에서만 요긴하게 쓰였습니다.

한편 로마인은 이집트의 자물쇠 기술을 모방하여 열쇠를 만들었습니다. 이때 쇠를 사용한 워드 자물쇠(고리에 걸어서 고정시키는 휴대용 자물쇠인 맹꽁이자물쇠: 옮긴이)가 만들어졌는데, 자물쇠를 만드는 기술이 한 단계 발전했다고 할 만합니다. 이 자물쇠는 핀이 아니라 내부 장애물(워드)에 의해 맞는 열쇠를 집어넣어야만 열리도록 만들어졌습니다.

부유한 로마인은 종종 열쇠를 손가락에 반지처럼 끼고 다녔습니다. 이렇게 하면 늘 곁에 두고 열쇠를 안전하게 지킬 수 있을 뿐만 아니라 은근히 자기 신분을 드러내는 효과도 있었지요. 하여간 이 모든 사실을 종합해 보면, 로마 시대의 금속공예가 앞 시기보다 훨씬 작은 자물쇠와 열쇠를 제작할 만큼 정교하고 앞섰음을 알 수 있습니다.

가발

Wig

처음 사용된 곳: 이집트

시기: 기원전 3000년 전

가발을 처음 만들어 쓴 곳은 이집트라고 알려져 있습니다. 고대 이집트인은 청결에 유달리 신경을 썼습니다. 하루에도 몇 번씩 목욕할 정도였지요. 그런가 하면 그들은 독특하게도 털이 없는 몸을 청결하고 문명화된 상태라고 여겼어요. 그래서 그들은 야생동물이나 털이 많은 사람들을 원시적이라고 생각했지요.

이런 생각 때문에 이집트인은 남녀 할 것 없이 모두 머리를 짧게 깎거나 완전히 밀어 버렸습니다. 남은 머리카락은 면도기나 제모제, 화산석까지 써서 깔끔히 없애 버렸지요. 이렇게 하면 머리가 남아나지 않겠지요? 이집트인은 이런 상태를 매우 흡족하게 여기며, 머리카락이 하나도 남지 않은 민머리 위에 가발을 써서 뜨거운 햇볕에 화상을 입지 않게 보호했습니다. 이때 가발은 천연 털이나 인조털로 만든 것이었습니다. 사람들은 밀랍과 송진으로 가발이 흘러내리지 않게 고정시켰어요. 부유한 이들은 가발을 쓰고 그 위에 향기 나는 고깔모자를 화려하게 올리기도 했습니다. 신분이 높고 부자인 이들만 가발을 쓸 수 있는 시대였지요.

가발은 아시리아, 고대 이스라엘의 유대인, 카르타고,

그리스와 로마를 비롯해 여러 고대 문명에서도 빈번히 사용
되었습니다.

고대 이집트의 유골 단지(기원전 1349~1336년 무렵).

가발을 쓴 형태이다.

증류주 제조의 비밀
Secrets of Distillation

처음 기록된 곳: 오늘날의 이라크

시기: 9세기 아바스왕조

인류 역사를 논할 때 '술'을 빼놓고 생각할 수는 없겠지요. 중국에는 '천하에 술이 없으면 연회가 되지 않는다'는 속담이 있을 정도입니다. 아주 오래전부터 술은 우리와 함께해 왔던 것입니다. 이번에는 술의 역사를 살펴볼까 합니다.

술은 크게 발효주와 증류주로 나뉩니다. 발효주는 과일이나 곡식 등을 발효하여 만든 술입니다. 증류주는 일단 발효 과정을 거친 술을 증발시키고 다시 액화시켜서 도수가 더욱 높은 알코올을 분리하여 만든 술이지요.

확인된 바로, 가장 오래된 발효주는 기원전 7000~6600년 무렵 중국 황허강 유역의 지아후(賈湖) 유적에서 나왔습니다. 하지만 많은 과학자들이 이미 1만 년에서 1만 2,000년 전부터 구석기인들이 발효주를 마셨을 것이라고 생각합니다. '술 취한 원숭이 가설'에 따르면 술을 마신 시기는 훨씬 더 이전으로 올라갑니다. 참 재미있는 가설입니다. 우리의 먼 유인원 조상이 나무에서 땅으로 내려올 당시, 상한 과일을 먹고 취했을 수도 있다는 가설이지요. 어떤 과학자들은 유인원이 진화하는 과정 내내 이런 일이 지속되다가, 초기 호미니드(hominid, 현생 인류를 이루는 직립보행 영장류: 옮긴이)

에게 계승되었다는 이론을 제시합니다.

이에 비해 증류법은 한참 뒤에 개발되었습니다. 1~3세기까지 로마에 점령된 이집트와 중국에서 증류법을 이용했다는 증거들이 제법 남아 있습니다. 예를 들어, 로마인은 소나무 송진을 수증기로 증류해서 테레빈유(오늘날 주로 의약품, 도료 제조 원료, 구두약 등에 사용된다: 옮긴이)를 얻었다고 합니다. 또한 먼 옛날 뱃사람들은 바닷물을 증류해서 마실 물을 얻을 수 있는 방법을 고안했지요. 그러다 냉각 과정을 거듭하는 방식으로 알코올 도수를 높이는 방법 또한 개발되었습니다. 와인 같은 발효주를 냉각하면 알코올이 응결되면서 더 도수가 강한 술이 되는 식으로요.

하지만 정말로 그 당시 알코올이 증류되었는지 여부를 확인할 길은 없습니다. 초기 연금술사들과 장인들이 비밀스러운 방식으로 알코올을 증류했다고 알려진 데다가 직접적인 증거도 남아 있지 않기 때문이에요. 우리가 확실히 알 수 있는 최초의 증거는 이슬람 철학자 알 킨디[Al-Kindi, 801~873]가 증류주의 비밀을 처음으로 기록하여 남겼다는 사실입니다. 그는 증류 과정을 자세히 설명했습니다.

"…그리하여 물을 더한 뒤 가열하면 와인은 증류가 되면서 장미수와 같은 빛깔을 띠게 된다."

오늘날로 치면 이라크의 바스라와 바그다드 지역에 살았던 알 킨디는 이슬람 철학의 아버지로 불립니다. 알 킨디

덕분에 증류 과정의 비밀이 더욱 널리 전파되었지요. 다른 나라 사람들도 화주(火酒, 알코올 도수가 높은 증류주: 옮긴이), 라키(도수가 40~50도에 달하는, 터키와 그리스에서 주로 마시는 증류주: 옮긴이), 위스키, 보드카, 진 외에 무수한 술들을 만들 수 있는 방법을 알게 되었답니다.

초기의 증류 과정을 보여 주는 그림

화장품

Make-Up

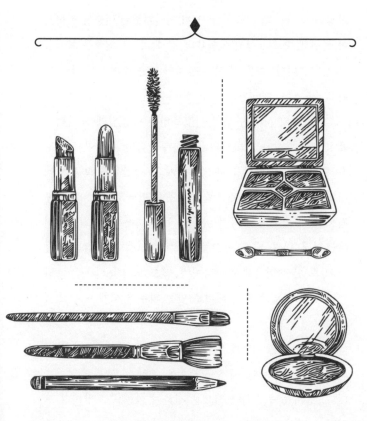

처음 사용된 곳: 고대 이집트
시기: 기원전 4000년경

화장의 역사는 꽤 깊습니다. 앞서 이야기했던 이슬람 화학자가 살던 시대보다 훨씬 이전부터, 고대 이집트인들은 화장을 즐겨 했습니다. 물론 이 사실을 보여 주는 증거들이 남아 있지요.

기원전 약 4000년부터 이집트인은 아름답게 보이려는 목적으로 화장을 했습니다. 물론 주술적인 목적이나 건강을 지키기 위해 화장을 하기도 했지요. 사람들은 그 지역에서 나는 갖가지 천연 원료로 화장품을 만들었어요. 특히 구리 성분이 함유된 공작석 가루로 만든 초록색 눈 화장품이 유명합니다. 또 다른 화장품으로는 휘안석에서 추출한 콜(kohl)로 만든 검은색 아이라이너, 레드 오커(red ocher)로 만든 볼연지와 입술연지, 헤나로 만든 피부 착색제 등이 있었습니다.

그럼 화장은 어떻게 하냐고요? 사람들은 화장품들을 가느다란 나무나 상아, 금속 꼬챙이에 붙인 뒤 피부에 발랐습니다. 당시는 눈을 검정색으로 칠하여 아몬드 모양이나 고양이 눈처럼 보이게 그리고, 아울러 눈 둘레를 초록색으로 넓게 펴 바르는 화장법이 제일 유명했습니다.

이집트인들은 왜 이런 화장법을 즐겼던 걸까요? 이는 건강과 안전 때문이었습니다. 사람들은 '콜'이 파리를 쫓고 감염을 막아 주는 것은 물론이고, 악마의 눈으로부터 자신들을 보호해 줄 것이라고 믿었습니다. 사실 건강 측면에서 보면 어느 정도 맞는 말입니다. 콜을 피부에 바르면 산화질소가 발생하는데, 이런 과정에서 면역력이 길러져 감염을 막을 수 있거든요. 그런가 하면 숯 성분은 태양으로 인한 눈부심을 막아 주었지요.

사람들은 입술에 바르는 오커의 지속력을 높이기 위해 이따금 나무에서 나는 수지나 고무(gum)를 오커에 섞어 썼어요. 클레오파트라는 으깬 꽃잎, 가루로 만든 개미와 물고기 비늘, 연지벌레(중남미에 분포하는 선인장의 기생충으로, 이것을 분말로 만든 것이 붉은색을 내는 코치닐 색소다: 옮긴이)와 밀랍을 혼합해서 만든 심홍색 입술연지를 즐겨 썼다고 합니다. 당시에는 붉은색을 좋아하는 클레오파트라를 따라 시녀들 사이에서도 붉은색이 유행했다고 합니다. 물론 오렌지색, 자주색, 짙푸른색 등의 다양한 입술연지도 인기였고요.

소방대

Fire Brigade

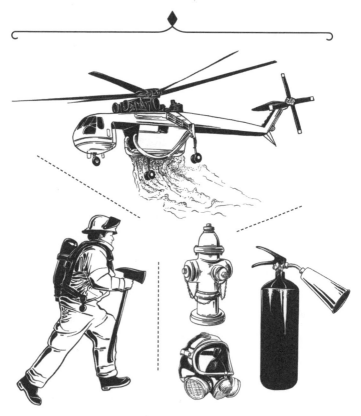

최초로 등장하는 곳: 로마

시기: 기원전 1세기

최초의 기계식 소방 설비는 기원전 3세기 그리스에서 개발되었습니다. 알렉산드리아의 수학자 크테시비오스[Ktēsibios, 기원전 285?~222?]와 헤론[Heron, ?~?]이 바로 소방 설비를 만든 주인공들이지요.

먼저 '공기역학의 아버지'로 불리는 크테시비오스의 기여가 큽니다. 그는 물을 퍼 올릴 수 있는 강력한 양수기를 고안했습니다. 최소 몇십 년이 지난 뒤 헤론이 이것을 개조해서 세계 최초라고 알려진 소방차를 제작하게 된 거예요. 헤론은 피스톤, 실린더와 밸브를 활용하여 활활 타오르는 불을 겨냥해 직접 물을 쏠 수 있는 살수기를 만들어 냈습니다.

소방 설비가 갖춰졌다면 당연히 장치를 다룰 소방대가 있어야겠지요? 그런데 최초의 소방대는 한참 시간이 지나 기원전 1세기가 되어서야 로마에서 등장합니다. *마르쿠스 리키니우스 크라수스[Marcus Licinius Crassus, 기원전 115?~53]라는 이름을 가진 부도덕한 로마 최고의 부자가 이 틈새시장을 알아보고는 500명으로 이루어진 사설 소방대를 조직하기에 이릅니

---

* 로마 공화정 말기의 정치가이자 장군. 카이사르, 폼페이우스와 함께 로마를 나눠 통치하는 제1차 삼두정치를 이끌기도 했다.

다. 그런데 이 소방대는 조금 특이합니다. 불이 날 것 같은 조짐이 보일라치면 신속히 출동했지만 곧바로 불을 끄지는 않았지요. 그저 대기하고 있다가, 화재를 진압하는 데 드는 비용을 두고 건물 주인과 흥정을 벌이곤 했습니다. 협상이 잘 이뤄지고 나서야 불을 꺼 주었지요. 당시 로마는 수많은 화재로 끊임없이 고통받고 있었습니다. 서기 64년에는 로마 시내의 3분의 2를 완전히 태워 버린 엄청난 화재 사건이 일어나기도 했습니다.

뼈 도구
Bone Tools

처음 사용된 곳: 아프리카 또는 유럽
시기: 약 5만 년 전

인류 역사에서 갑론을박이 벌어지는 주제들이 참 많지요. '뼈 도구(골각기)가 언제 처음으로 사용되었는지'도 그중 하나입니다. 호모사피엔스 그리고 사촌 격인 네안데르탈인과 긴밀히 연결되어 있기 때문입니다.

아프리카에서는 100000~70000만 년 사이 만들어진 뼈 유물이 발견되었습니다. 누군가 의도적으로 자르거나 문지르거나 깎아서 날카롭게 만든 연장들, 송곳, 작살이나 쐐기 같은 것들이 출토되었지요. 하지만 이 고고학 유물들은 유형과 발견 장소에서 공통된 특징을 그다지 많이 찾을 수 없었습니다.

이 시기 아프리카 대륙에 거주하던 호모사피엔스의 선조들은 여전히 진화하는 과정에 있었습니다. 이들은 대략 4만 4,000년 전에 유럽으로 이주했지요. 하지만 유럽에서는 늦어도 5만 년 전에 만들어졌다고 추정되는 뼈 도구들이 발견된 바 있습니다. 아직 호모사피엔스가 이 대륙에 오기 전인데, 누가 뼈 도구를 만든 것이냐고요? 네안데르탈인이 이 도구들을 만든 것이 확실해 보입니다. 이미 대략 20만 년 전부터 유럽에 살고 있었던 네안데르탈인은 그곳에서 진화를 이루었거든요. 따라서 호모사피엔스와 네안데르탈인, 이 두 유형의 직립보행 영장류가 독자적으로 도구 제작법을 발견했을 가능성이 있습니다. 한편 일부 과학자들은 처음으로 아프리카에서 유럽으로 이주한 우리의 호모사피엔스 조상들이 네안데르탈인 사촌들에게 뼈 도구를 만드는 법을 배웠을 수도 있다는 흥미로운 가설을 제기하기도 했습니다.

이번엔 돌 도구(석기)에 대해 알아봅시다. 인류는 뼈 도구보다 돌 도구를 먼저 쓰기 시작한 것으로 보입니다. 하지만 돌은 가공하기도 어렵고 적응해 쓰기도 쉽지 않지요. 돌 도구를 만들어 쓰는 데 어려움을 느꼈던 우리 조상들이 뼈를 자르고, 갈고, 연마하는 방법을 알게 되면서 돌파구를 찾았던 것입니다. 이들은 다양한 종류의 뼈로 도구를 만들었습니다. 그중에서도 뿔과 긴뼈는 길고 날카로운 도구를 만들 수 있어 유용했지요.

한편 발견된 초기 도구에는 낚싯바늘, 수저, 바늘과 핀, 장신구, 긁개와 연마 도구 같은 것들이 있습니다. 우리 조상들은 이빨 여러 개를 연결해서 목걸이 같은 장신구로 쓰기도 했습니다. 동물의 발굽을 다듬어 종 같은 악기로 만들거나, 발굽 안에 작은 돌을 채워 딸랑이로 쓰기도 했고요.

커틀러리
Cutlery

처음 발명된 곳: 세계 전역

시기: 기원전 100000~12000년

돌칼 같은 도구가 50만 년 전부터 아프리카에서 쓰이고 있었지만 인류는 선사시대 내내 손으로 음식을 먹었습니다. 그러다 어느 순간부터 돌칼의 손잡이를 나무나 동물 가죽으로 씌워서 수저처럼 이용하기 시작했지요. 이런 관습이 언제 시작되었는지 정확히 짚기란 불가능합니다. 다만 신석기시대 초반인 1만 2,000여 년 전부터 돌칼과 더불어 속을 파낸 나무, 조가비나 부싯돌로 간단히 만든 숟가락이 쓰였다는 사실은 알 수 있습니다.

시간이 흐르고 지금으로부터 3,000년 전에 이르러 사람들은 나이프와 숟가락을 써서 음식을 먹기 시작했지요. 비슷한 시기에 중국인들은 식사 시간에 젓가락을 사용하기 시작했습니다. 청동기와 철기시대 동안 줄곧 수저는 점차 정교한 모습을 갖추었습니다.

하지만 포크의 발전은 더뎠지요. 쇠스랑처럼 갈퀴 모양을 한 도구가 다른 용도로 쓰였을 뿐, 포크가 아직 저녁 식탁 위에 놓이지는 않았습니다. 금속 포크를 만드는 일이 어렵고 비용이 많이 들기 때문이었을 겁니다. 오랜 시간이 지나 서기 1000년대가 되어서야 포크는 음식을 먹는 데 쓰이지요. 고대 그리스와 이집트에서 의례용 포크와 솥에서 고기를 꺼내기 위한 조리용 포크를 쓰기 시작한 것입니다.

이때부터 포크가 아주 천천히 퍼져 나갔습니다. 11세기에 도메니코 셀보라는 이탈리아 귀족과 결혼한 비잔틴제국의 공주는 포크를 중부 유럽에 가져와 처음 선보였는데요. 이 공주의 돌발 행동에 동포들이 술렁였답니다. 이 시기 기독교인들은 포크에 대해 매우 부정적인 생각을 품고 있었거든요. 당시 기독교인들은 고대 그리스와 로마의 신들을 자신들의 기독교적 세계관 안으로 들이고 있었습니다. 그중에서 바다의 신 포세이돈의 삼지창은 차츰 사탄이 죄지은 자들을 고문할 때 쓰는 쇠스랑으로 변형되었습니다. 이런 상황에서 공주가 포크를 사용하는 일은 이단이나 할 법한 행동으로 비춰졌고, 사람들은 엄청난 충격을 받았습니다.

한동안 포크를 써서 음식을 입에 넣는 것은 무례한 행동으로 받아들여졌습니다. 포크에 대한 반감이 서서히 누그러지면서 비로소 포크는 유럽 식기류 중 하나로 받아들여질 수 있었답니다.

냉장고

Refrigerator

최초의 기록이 발견된 곳: 오늘날의 시리아

시기: 기원전 1700년

냉장고가 없던 시절, 사람들은 눈과 얼음을 이용해 음식을 차가운 상태로 저장했습니다. 고대 로마제국에 이르러서는 썰매를 타고 가까운 산에 가서 눈을 싣고 와서, 눈구덩이나 얼음집에 다져 넣고 짚을 덮어서 보존했습니다. 위쪽의 눈이 녹으면 아래로 흘러 다시 얼음이 되었고, 또한 위층의 눈 무게에 눌려서 바닥 층의 얼음은 더욱 단단하게 얼어붙었습니다. 이 바닥 층의 단단한 얼음은 위쪽의 얼음보다 비싼 값에 팔렸지요.

서기 3세기 들어서는 로마제국에서 눈과 얼음의 반입량이 정점에 다다랐습니다. 당시 엘라가발루스 황제Elagabalus, 203?~222가 자신의 집 정원에 조그만 얼음산을 세울 정도였으니, 얼마나 얼음을 많이 썼는지 알 수 있습니다. 엘라가발루스 황제는 얼음이 에어컨처럼 집을 시원하게 해 주기를 바랐지요. 로마인과 그리스인은 이 기술을 마케도니아의 알렉산드로스대왕Alexandros the Great, 기원전 356~323에게 배웠을 가능성이 있습니다. 이와 관련해 그리스의 음식 저술가 아테나이오스가 3세기 초에 다음과 같이 적었던 기록이 남아 있습니다. "알렉산드로스는 30개의 냉장용 웅덩이를 파서 눈으로 채

우고 참나무 가지로 덮었다."

그런데 중국인들은 얼음의 이용에 관해서라면 한 수 위였습니다. 얼음집 안에 눈과 얼음을 저장하는 방법을 훨씬 오래전부터 알고 있었지요. 상고시대 전설의 황제 신농이 지었다는 당나라(618~907년) 때의 책 『신농식경(神農食經)』에는 얼음집을 유지하는 데 필요한 다양한 방법들이 적혀 있습니다. 여기에 얼음집을 깨끗하게 청소하고 새로운 얼음을 준비하는 일들도 포함되어 있지요. 시간이 지나 이 얼음집은 과일과 채소를 보관하는 데 쓰입니다. 기원전 주나라 초기 왕실에는 음식과 술, 심지어 시신을 차갑게 보관하는 직책의 관리가 있었는데요. 얼음을 관리하는 '능인(凌人)'이라는 직책을 가진 이들의 수만 100명 가까이 되었다고 합니다.

그러나 이보다 더욱 오래전, 역사상 최초로 냉장고에 대해 언급한 기록을 찾으려면 오늘날 시리아 지역을 살펴야 합니다. 마리(Mari, 오늘날 이라크와 시리아의 국경 근처에 있던 고대 왕국)의 마지막 왕 짐리림Zimri-Lim, 기원전 1775?~1757?의 비문에는 그가 왕궁 근처에 얼음집을 지었으며 "유프라테스 강둑 위에 어떤 왕도 못하던 일을 해냈다"고 적혀 있지요.

면도기

Razors

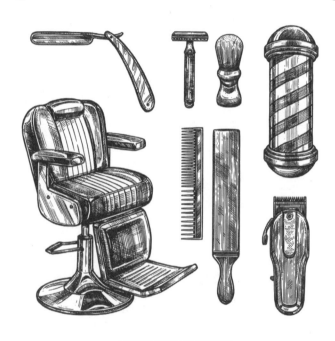

초기 유물이 발견된 곳: 아시아, 아프리카

시기: 2만여 년 전

지금까지 발견된 가장 오래된 면도기는 대략 2만 년 전에 만들어진 것입니다. 이 최초의 면도기는 조가비, 상어 이빨, 날카로운 부싯돌로 만들어졌지요. 면도기는 청동기시대부터 널리 쓰이게 되었습니다. 당시 인류는 청동이나 화산암인 흑요석을 사용해서 면도기로 쓸 수 있는 날카로운 기구를 만들었어요. 그걸 다들 갖고 다니게 되면서 면도기가 신분을 나타내는 징표로 쓰이기도 했지요. 기원전 4000년 무렵에 조성된 이집트 무덤에서는 금과 구리 면도기가 발견되었습니다. 면도기가 주인과 함께 무덤에 묻혔다는 것은 그게 그만큼 가치 있는 물건이었음을 뜻합니다.

기원전 약 1492~1473년에 만들어진 고대 이집트 면도기와 거울

껌

Chewing Gum

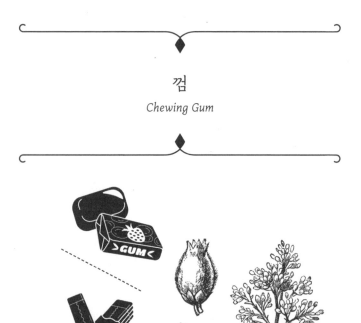

가장 오래된 껌 유물이 있는 곳: 핀란드
시기: 기원전 4000년

16세기 에스파냐 정복자들이 중앙아메리카에 다다랐을 때
의 일입니다. 그들은 껌을 질겅질겅 씹고 있는 아스테카 매
춘부들의 모습에 호기심을 갖게 되었지요. 매춘부들은 얼굴
에 노란색 크림을 바르고, 치아엔 붉은색 코치닐 염색을 한
채 길모퉁이에서 호객 행위를 하고 있었습니다. 그런데 사실
그들이 씹고 있던 것은 '치클'이라는 물질이었습니다. 치클
은 야생 사포딜라나무의 껍질에서 나오는 우윳빛 수액인데,
이것을 말리면 딱딱한 껌으로 변하지요.

    치클은 에스파냐 정복자들이 들어오기 수백 년 전부터
마야문명에서 신성한 물질로 여겨졌습니다. 마야 민속 설화
에 따르면, 그들이 숭배하던 뱀의 신 쿠쿨칸(깃털이 달린 뱀의
형상을 하고 있다지요)은 치클을 씹고 있었다고 해요. 마야인
들은 치클을 신성한 물질로 여겼던 것이지요. 그런데 에스
파냐가 아스테카왕국을 점령하고 나서 숲과 도시를 잇던 길
을 파괴해 버렸고, 그 뒤로 치클을 씹는 풍습은 숲 지역에서
만 명맥을 이었습니다.

    세계 곳곳의 사람들도 나무 송진을 씹고 있었습니다. 북
아메리카에 온 유럽인들은 원주민들에게 가문비나무 송진

을 씹는 습관을 배웠지요. 이는 최초의 상업적인 추잉 껌이 출현하는 데 큰 영감을 주었습니다. 1848년 미국의 사업가 존 B. 커티스는 '메인 퓨어 스프러스 껌'이라는 상품을 만들었습니다. 이어서 1850년에 설탕으로 단맛을 낸 파라핀 왁스 껌을 시장에 내놓았지요. 그 뒤로 껌을 만드는 기술은 한층 더 발전하여 특허를 받은 껌들이 속속 등장했습니다. 1860년대에는 켄터키의 약사 존 콜건이 껌에 다른 맛을 첨가한 추잉 껌을 만들어 팔았고요. 모두 아스테카인과 마야인이 씹었던 치클에서 유래한 것들이었지요. 미국에서 껌 수요가 급증하자 마야인의 후손인 인디오들은 사포딜라나무를 찾아서 점점 깊숙한 정글로 들어갔습니다. 그 과정에서 우연히 고대 마야의 도시 유적지들이 세상에 알려지게 되었지요. 역사의 아이러니라고 할 수 있습니다.

하지만 추잉 껌의 기원을 알기 위해서는 시계를 신석기시대로 되돌려야 합니다. 이때도 소독이나 치료하려는 목적으로, 혹은 심심풀이로 천연 물질을 씹는 습관이 있었거든요. 그 뒤로 여러 문화권에서 껌을 씹는 관습이 독자적으로 있어 왔던 것으로 보입니다. 고대 그리스인은 말린 수액과 나무껍질을 비롯한 유향나무 조각을 씹었습니다. 중국인은 인삼 뿌리를, 남아시아 전역에서는 빈랑나무 열매를 씹었지요. 그런가 하면 코카 잎과 담뱃잎이 각각 코카인과 담배로 정제되기 전까지, 사람들은 이 풀들을 오랫동안 씹어 왔습니다.

　정리하면, 추잉 껌이 언제 그리고 어디서 기원했는지를 정확히 단정 짓기는 힘듭니다. 현재로서는 스칸디나비아반도에 살았던 고대인들이 '추잉 껌의 발명자'라는 칭호를 보유하고 있지요. 가장 오래된 껌으로 인증된 사례는 6,000여 년 전에 자작나무 타르로 만들어진 껌 조각입니다. 이것은 석기시대에 조성된 핀란드의 키에리키(Kierikki) 유적지에서 발견되었는데, 이빨 자국이 선명하게 남아 있습니다.

성(性)과 관련된 물건들의 짤막한 역사

A Brief History of Sex and Sex Aids

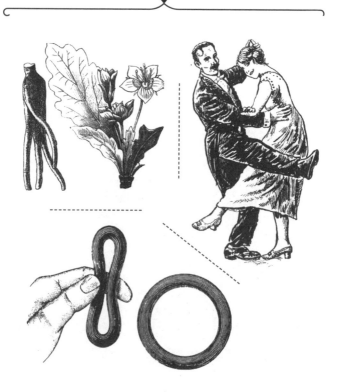

가장 오래된 유물이 발견된 곳: 독일

시기: 2만 8,000년 전

인간과 '성'을 떼어 놓고 생각할 수는 없지요. 역사 속에서 성적인 행동과 관련이 있는 물건들은 놀라울 정도로 많습니다. 하늘 아래 새로운 것이 더 이상 없는 듯하지만, 우리가 아는 가장 오래된 사례들을 살펴보겠습니다. 그리고 역사상 최초인 것들도 함께 알아보자고요.

◆ 2만 8,000년 된, 윤이 나는 실트암으로 만들어진 남근이 독일에서 발견되었습니다. 아마도 시기를 알 수 있는 가장 오래된 모조 남자 성기인 듯합니다.

◆ 역사적 기록에 따르면, 이집트인과 초기 그리스인은 덜 익은 바나나와 송진을 입힌 낙타 똥을 같은 용도로 사용했습니다.

◆ 호메로스의 저서와 성경, 이집트 문서에는 맨드레이크(고대인들이 성욕을 촉진시킨다고 믿었던 식물: 옮긴이) 뿌리에 대한 언급이 나와 있습니다. 이를 통해 늦어도 4,000년 전부터 성적 흥분을 불러일으키는 약이 사용되었음을 알 수 있습니다.

◆ 돌과 가죽, 나무와 타르로 만들어진 남근들이 발견되

고 있습니다. 이 중 일부는 사실 다산(多産)의 상징이
거나 행운을 부르는 부적이었을 가능성이 있습니다.

◆ 4,000년 전의 이집트 파피루스에는 피임을 하는 방
법이 기록되어 있습니다. 이는 지금까지 알려진 바로
가장 최초의 피임 기록이라고 할 수 있지요. 여기에
는 여성이 꿀, 껌이나 악어 똥으로 막을 만들어서 피
임한다는 다소 원시적인 방법이 적혀 있습니다.

◆ 기원전 2000년의 바빌로니아 문서에는 성을 사고파
는 이야기가 나옵니다. *당시 여성들은 결혼하기 전
신전에 가서 처음 만나는 사람과 성관계를 한 뒤, 은
전 한 닢을 기부해야 할 의무가 있었습니다.

◆ 기원전 700년 무렵의 바빌로니아 석판에는 약초로
임신했는지 여부를 확인하는 모습이 묘사되어 있습
니다.

---

* 이런 '사원 성매매' 관습은 오랫동안 역사적 사실로 받아들여져 왔다.
   하지만 최근에 들어서 이런 관습이 신화일 뿐이고, 외래의 문화와 사
   람들을 비하하기 위한 문학적 수사법이라는 의견이 있다.

알파벳

Alphabet

처음 발명된 곳: 이집트

시기: 기원전 2700년

오늘날 전 세계 언어에서 각종 알파벳이 쓰이고 있습니다. 그런데 이 알파벳은 복잡한 역사를 지니고 있지요. 이번에는 알파벳의 유래를 한번 알아볼까 합니다.

알파벳의 뿌리는 때로는 그림으로 이루어진 기호 체계인 표의문자에서 유래했지요. 표의문자는 대상을 본뜬 그림이나 도안을 통해 뜻을 전달합니다. 그런데 시간이 흘러 음절이나 음성기호(말소리를 음성학적으로 표시하는 기호)가 문자 체계에 추가되었습니다. 사람들은 글을 쓰는 기초로서 이편이 더욱 편하고 유용하다는 점을 깨닫게 되었지요. 이런 진화를 보여 주는 사례가 그리스 최고(最古)의 문자인 선문자(線文字, 크레타문자의 하나로 선 형태로 된 문자: 옮긴이)입니다. 선문자 A와 선문자 B가 있는데, 이 두 문자는 지중해 지역에서 사용되었습니다. 선문자 A는 기원전 2000년 무렵 미노아문명에서 쓰였습니다. 수백 개의 기호로 이루어진 선문자 A는 주로 표의문자였지만, 일부는 음성을 나타내기도 했습니다. 선문자 A는 아직 해독되지 못했지만, 5~10세기 뒤에 나온 그 후손격인 선문자 B는 고대 그리스어의 형태로서 해독되었습니다. 선문자 B는 87개의 음절문자와 100개의 표의문자로 구성되어 있습니다. 오늘날의 알파벳처럼 간단하지는 않지만, 그런 방향으로 가는 과정이라고 할 수 있습니다.

오늘날 쓰는 알파벳의 기원에 관해서는 여러 가설이 있습니다. 한 가지 가설은 멀리 이집트 상형문자로 거슬러 올라갑니다. 이집트 사람들은 기원전 2650년경에 이르러서 표의문자에 음절을 나타내는 기호 22개를 추가하여 상형문자를 보완했습니다. 이 음절 기호들이 기원전 1700년 무렵 중동 지역에서 알파벳 체계인 '원시 시나이문자'로 발전했다는 가설이 있습니다. 이것이 원시 가나안문자로 변화했고, 이윽고 현재 알파벳의 기원이 된 페니키아문자가 만들어졌다는 것입니다. 하지만 이 모두는 추측에 불과합니다. 아직도 정확한 연결고리가 밝혀지지 않고 있습니다.

확실한 것은 기원전 1000년 무렵 지중해 지역에서 페니키아문자 체계가 널리 쓰였다는 사실입니다. 이 페니키아문자가 그리스 알파벳으로 발전했지요. 또 그리스 알파벳을 로마인들이 바꾼 문자가 오늘날 유럽 대부분에서 사용하고 있는 알파벳의 토대가 되었고요. 따라서 알파벳이 처음에 어디서 유래했는지는 확실히 알 수 없지만, 알파벳을 가장 먼저 유럽 지역에 전파한 공로를 페니키아 상인들이 세운 것만은 확실합니다. 어쩌면 앞으로 알파벳과 고대 이집트 문자와의 연결고리가 밝혀지는 날이 올 수도 있습니다.

오락용 카드
Playing Cards

처음 발명된 곳: 중국

시기: 서기 1000년

오락용 카드(플레잉 카드)가 서기 1000년 무렵 중국에서 쓰였고, 그로부터 4세기 뒤에 유럽에 전해졌다는 사실은 이미 알려져 있습니다. 그런데 이것이 어떻게 중국에서 유럽으로 넘어갔는지를 두고 논쟁이 벌어지곤 합니다. 일단 중국의 카드가 후대 유럽의 카드 도안에 영향을 준 것을 부인할 수는 없습니다. 유럽의 카드에 비해 중국의 카드가 작고 무겁다는 차이가 있지만, 어쨌든 둘의 모양이 매우 닮았기 때문입니다.

어떻게 플레잉 카드가 유럽으로 넘어갔는지에 대해서는 여러 설이 있습니다. 마르코 폴로Marco Polo, 1254~1324가 중국을 방문했다가 유럽으로 돌아올 때 카드를 가져왔다거나, 순례자들을 통해 전해졌다는 설이 제기된 적이 있습니다. 심지어 집시들이 갖고 왔다는 설도 있습니다. 이 주장은 집시가 점을 칠 때 쓰던 타로 카드가 플레잉 카드보다 앞서 쓰였다는 생각을 근거로 만들어진 듯합니다. 그러나 이 주장에는 설득력이 없습니다. 타로 카드는 15세기 중반 이탈리아에서 처음 만들어졌지만, 최초의 플레잉 카드는 이보다 훨씬 오래전 유럽에 들어왔다는 증거가 있거든요. 예를 들어, 1377년

피렌체 의회는 '나이베(naibbe)'라고 불리던 카드놀이를 금지하려고 했다는 기록이 있습니다. 당시 위정자들은 카드놀이 열풍이 공중도덕을 해친다고 생각했다는군요.

이런 논쟁을 끝내는 실마리가 있습니다. 이스탄불 톱카프 박물관의 기록관에서 1938년에 찾아낸 카드가 바로 그것입니다. 이 카드는 1400년 무렵 이집트 맘루크왕조 때 만들어졌는데, 52장이 한 벌로 구성되어 있습니다. 서구의 카드 한 벌과 유사하게 이 궁정 카드에는 말릭(malik, 왕), 나이브 말릭(Na-ib Malik, 총독), 나이브 타니(Na'ib Thani, 부총독)가 있습니다. 이것으로 나이베 게임의 유래를 설명할 수도 있습니다. 이 한 벌의 카드와 이후에 발견된 1세기 전 맘루크왕조에서 만든 카드들은 분명히 고대 중국식 카드가 오늘날의 카드로 변화하는 과도기에 있다고 볼 수 있습니다. 이러한 증거들을 통해 플레잉 카드가 이집트를 거쳐 유럽에 왔다는 사실이 확실해졌지요.

그 뒤로 이어지는 오락용 카드의 역사는 상당히 흥미롭습니다. 원래 맘루크 카드는 동전, 검, 고블릿(포도주 잔), 폴로 스틱 무늬로 구분되어 있었어요. 그런데 폴로 경기가 아직 유럽에 알려지지 않은 때인지라, 맘루크 카드를 만들던 사람들은 폴로 스틱을 곤봉으로, 고블릿을 더 단순한 잔으로 바꿔 표현했지요. 조금 더 친숙한 무늬로 바꿔서 카드를 만든 것입니다. 한편 이탈리아와 에스파냐 카드에는 오늘날처럼 스틱, 검, 컵, 동전 무늬가 그려져 있습니다. 그런가 하면 5세기 독일의 카드 제작자들은 여기에서 한발 더 나아가 자연에서 본뜬 무늬를 넣기도 했습니다. 도토리, 나뭇잎, 하트, 벨 무늬 등을 카드 도안으로 채택한 것입니다. 1480년 무렵, 프랑스 사람들은 스텐실로 인쇄하기 쉽도록 이 무늬들을 더욱 단순한 형태로 바꾸었습니다. 트레플(클로버), 피크(파이크 창), 카로(마름모 타일), 쾨르(하트)가 바로 그것입니다.

오늘날 가장 많이 쓰이는 영국의 카드는 여러 카드들이 원천이 되어 만들어졌습니다. '스페이드'는 이전 카드의 검과 파이크 창에서, '클럽'은 에스파냐 카드의 장대 또는 스틱 도안에서, '다이아몬드'는 마름모 타일 형태에서(또는 반복되는 동전 무늬에서), '하트'는 프랑스 카드의 쾨르 무늬에서 유래했지요.

목판화로 찍어낸 중국의 플레잉 카드로
1400년 무렵에 만들어졌다.

정원

Garden

최초로 탄생한 곳: 알 수 없음
시기: 약 4,000년~1만 년 전

도심에서 만나는 정원은 언제나 우리의 마음을 편안하게 하고, 자연에 대한 영감을 줍니다. 그런데 언제부터 사람들은 정원을 가꾸고 즐겼을까요? 농업이 탄생한 약 1만 년 전과 바빌로니아의 서사시 『길가메시 서사시』가 쓰인 약 4,000년 전 사이의 어느 때에 발달했어요. 『길가메시 서사시』를 잠깐 들여다볼까요? 여기서는 신들의 거처에 대해 다음과 같이 묘사했습니다.

"금모래에 수정 가지들이 꽂혀 있고, 이 불사의 정원에 생명나무(생명의 원천, 세계의 중심, 또는 인류의 발상지가 된다는 나무: 옮긴이)가 서 있는데, 몸통은 금으로 되어 있었으며 보기에 아름다웠다."

신들의 거처는 오늘날 우리들이 생각하는 정원의 모습과 비슷하지요. 이 구절이 암시하듯, 초기 정원은 종종 나무를 종교의 상징으로 경배하는 관습에서 영감을 얻어서 만들어졌습니다. 성경에 나오는 에덴동산은 고대 신화 속 정원과 비슷한 모습일 듯합니다. 옛사람들은 나무들이 자라는 공간은 안전하며, 이곳이 저 너머에 있는 불모의 땅보다 더욱 우월하다고 여겼습니다. 고대 신화 속 정원이나 에덴동산 모두 풀과 나무가 가득한 곳으로 묘사되지요.

점차 사람들은 실제로 농장 안에 울타리를 치고 그 안에 과실수를 심기 시작했습니다. 일에 지쳤을 때 잠시 쉴 수 있는 시원한 나무그늘이 만들어졌지요. 그러면서 이곳은 종교적 의미를 가진 곳일 뿐만 아니라 여흥을 누리고 휴식을 취할 수 있는 장소라고 여겨지게 되었습니다. 지중해를 비롯하여 유럽 부근 서아시아 지방의 초기 정원은 꽃보다도 나무를 기르는 데 집중했지요.

여기서 잠깐 정원의 어원을 한번 짚어 보겠습니다. 영어 단어 파라다이스(paradise)의 어원은 '정원'을 뜻하는 고대 페르시아어 'pairidaēza'와 관련이 있습니다. 유네스코 세계유산이기도 한 페르시아 정원을 보면 수로나 분수를 따라 물이 흐르고 나무가 빼곡히 늘어서 있는데요. 이런 정원 형태는 페르시아, 이집트, 아시리아의 *비옥한 초승달 지대에서 유래하여 각지로 전파되었습니다. 그리고 북아프리카를 넘어 유럽과 인도에서도 이런 식의 정원이 만들어지기 시작했지요. 아름답기로 소문난 인도 무굴제국 왕실의 정원도 그 영향을 받았습니다.

* 최초의 농경문화 발상지. 지금의 터키, 이란, 이라크, 시리아, 레바논, 요르단, 이스라엘, 사우디아라비아, 이집트 등의 나라들이 이 지역에 속해 있다. 두 강(유프라테스강과 티그리스강)을 따라 비옥한 충적평야가 펼쳐져 일찍부터 농경과 목축업이 발달했으며, 여러 고대 문명이 출현하였다.

점차 울타리를 친 정원은 은둔과 여가의 장소인 동시에, 종교적 이미지의 상징으로 떠올랐습니다. 기독교와 이슬람교 이전에 이미 세계 많은 지역에서 정원의 개념을 종교 안으로 끌어들였습니다.

정원 설계가 최고조로 발달했던
16세기 인도 무굴제국 시기를 보여 주는 장면

접착제

Glue

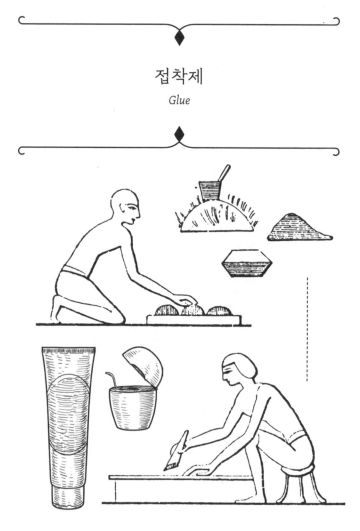

가장 오래된 유물이 있는 곳: 이탈리아 중부

시기: 20만 년 전

초기 인류나 네안데르탈인이 사용했을 법한 가장 오래된 접착제가 이탈리아에서 발견되었습니다. 20만 년 된 돌 조각한 쌍이 자작나무껍질 타르의 잔해와 함께 출토된 것인데요. 이것이 나무 손잡이를 붙인 석기라는 사실을 짐작할 수 있습니다.

화학 접착제는 일찌감치 선사시대부터 쓰였습니다. 이를 증명하는 최초의 유물이 7만 년 전에 형성된 서아프리카 시부두(Sibudu) 지역의 동굴에서 나왔어요. 이곳에서 발견된 돌도끼 파편에는 손잡이를 붙였던 흔적이 남아 있지요. 접착제 없이는 손잡이를 붙일 수 없었을 테니, 이는 접착제가 쓰이고 있었다는 증거가 되지요. 이때 쓰인 접착제는 식물의 껍질이나 과실에서 분비되는 식물 고무와 붉은색 오커를 혼합해서 만든 것입니다. 이렇게 만들면 천연 접착제는 더욱 끈끈해져서 습한 환경에서도 손잡이가 떨어지지 않도록 해 준답니다.

기원전 5000년 무렵이 되면 유럽과 중앙아시아에서 더욱 좋은 접착제가 쓰이기 시작합니다. 예를 들어 동물성 접착제인 아교가 고대 이집트에서 처음으로 사용되었지요. 동물의 가죽과 발굽 등을 오랜 시간 고아서 굳히는 방식으로 여러 종류의 아교를 만들 수 있었습니다. 사람들은 이 접착제를 사용해서 파피루스 두루마리를 보강하고, 비싼 가구를 만들었습니다. 오늘날 투탕카멘의 무덤을 비롯한 파라오들의 무덤에서도 접착제가 발견되었습니다.

화폐

Money

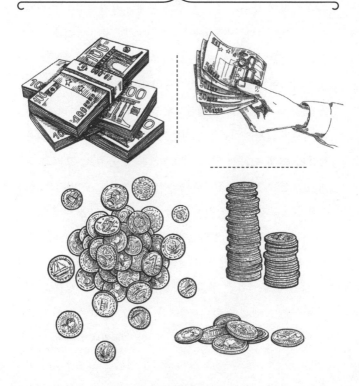

처음 사용된 곳: 메소포타미아

시기: 기원전 3000년

'돈'의 역사는 정말 흥미진진합니다. 늦어도 농업 초기 시대부터는 몇몇 작물과 물품을 두고 판매나 물물교환이 이뤄진 것으로 보입니다. 예를 들어, 소를 씨앗 한 상자나 하루의 노동과 맞바꾸는 식으로요. 아주 이른 시기부터 사람들은 가치를 저장하는 수단으로 어떤 물품이 유용할지 분명히 알았던 듯합니다. 씨앗과 소의 물물교환을 예로 들어 볼게요. 씨앗은 미래의 교환가치를 유지하는 데 유용했을 겁니다. 씨앗은 형태가 쉽게 변하지 않고 상대적으로 튼튼해요. 그리고 땅에 심으면 씨앗이 가진 가치는 미래에 불어날 수 있지요. 순수한 물물교환은 두 당사자가 서로 원하는 물건을 갖고 있을 경우에만 성사될 수 있다는 단점이 있습니다. 여기 비하면 씨앗 같은 것들은 훌륭한 실물화폐 역할을 해 주었지요.

그런데 무언가를 실물화폐로 삼기 위해서는 상대적 희소성 또한 고려해야 합니다. 예를 들어, 3,000년 전에 인도 아대륙(현재 남아시아에서 인도, 파키스탄, 방글라데시, 네팔, 부탄, 스리랑카 등의 나라가 위치한 지역: 옮긴이)에서는 황금개오지 껍데기가 화폐로 쓰인 적이 있었는데요. 이는 이 조가비의 수량이 한정되어 있었기 때문입니다. 많은 양의 껍데기를 얻을 수 없기에 가치를 지니는 것이지요.

그럼 언제부터 사람들은 화폐에 대한 인식을 하게 되었을까요? 그 시점을 정확하게 헤아릴 수는 없습니다. 하지만 기록에 따르면 기원전 3000년 무렵, 메소포타미아문명에서 최초로 체계적인 통화를 쓰기 시작했다고 합니다. 당시 중량과 화폐 단위로 셰켈(shekel)이 쓰였는데, 이는 11.42그램 정도 되는 보리의 일정한 무게를 나타냅니다. 셰켈이라는 단위는 은과 구리, 금 따위 금속의 중량을 재는 데 쓰였지요. 셰켈이 이렇듯 정확히 규정되었다는 사실은 보리와 귀금속이 이미 실물화폐로 기능하고 있었음을 짐작하게 합니다. 또한 당시 사람들이 실물화폐의 사용법과 그 상대적 가치를 규정하려고 시도했다는 사실도 알 수 있지요.

이번에는 기원전 1760년 무렵에 바빌로니아왕국에서 제정되었으며 지금까지도 온전히 보존되어 있는 함무라비법전을 살펴봅시다. 법전을 보면, 바빌로니아문명에서 돈이 어떤 역할을 했는지 가늠할 수 있습니다. 여기에는 돈을 빌릴 때 지켜야 할 이자율을 비롯해 이를 어겼을 시에 물어내야 할 형벌과 벌금까지 구체적으로 적혀 있어요. 함무라비법전이 정한 곡식 이자율의 최고 한도는 연 33.33%에 달했다고 하지요. 까마득한 옛날에도 고리대금업 문제는 정말 심각한 일이었군요!

성냥

Matches

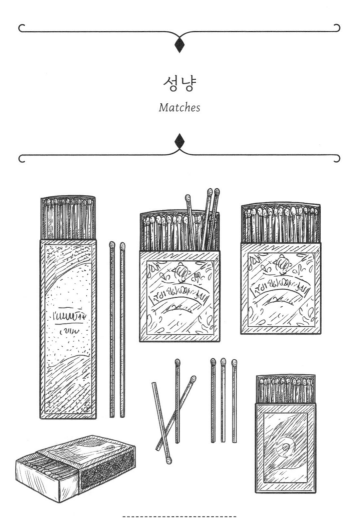

처음 발명된 곳: 중국

시기: 서기 557년

역사 내내 인류는 불을 다스릴 수 있는 방법에 대해 끊임없이 고민해 왔습니다. 불은 난방과 요리할 때뿐만 아니라 군사적·산업적 용도 등에 다양하게 쓰일 만큼 중요하니까요. 처음에 인류는 막대기를 맞대 문지르거나, 돌을 쳐서 불을 붙이는 법을 알아냈습니다. 또한 건초나 짚풀로 오랫동안 불이 서서히 타오르게 한 뒤 불씨를 옮겨 붙이는 요령도 익혔습니다. 하지만 이렇게 불을 붙이거나 옮기는 방식은 상당히 번거로웠습니다. 더 쉬운 방법을 알아낸다면 인류 역사가 한 단계 발전할 것은 너무나 분명했지요.

별도의 연소 도구 없이 불을 피울 수 있는 도구인 성냥은 아주 최근에야 발명되었습니다. 17세기 독일의 연금술사 헤닝 브란트[Hennig Brandt, 1630?~1692?]가 실험을 하던 도중에 인(燐)을 발견했지요. 1805년에 프랑스의 발명가 장 샹셀이 헤닝 브란트의 발견을 바탕으로 꽤나 위험해 보이는 성냥을 만들어 냈고요. 그는 나뭇개비에 염소산칼륨, 유황, 설탕과 고무를 입혀 말린 뒤 황산이 든 유리병에 담갔습니다. 그 결과 화학반응이 일어나면서 불이 붙었고, 곧 나뭇개비는 유독가스를 내뿜으면서 타올랐지요.

그럼 장 샹셀이 최초의 성냥을 발견한 걸까요? 사실 중국에서는 6세기부터 더 간단한 형태의 성냥이 이미 쓰이고 있었습니다. 북제(550~557년의 아주 짧은 기간 존재했던 왕조)가 북주에 포위되어서 목재가 부족해지자, 궁녀들이 요리하고 난방하는 데 쓰는 땔나무를 아끼려고 성냥을 발명했다는 이야기가 전해집니다. 궁녀들은 가늘게 쪼갠 소나무 토막을 유황에 담가서 성냥처럼 썼다고 합니다. 이 나뭇개비 두 개를 맞비비면 한쪽 막대나 양쪽 막대에 불이 붙었지요. 이 기발한 발명품은 재빨리 중국 전역에 퍼졌고, 이후 난로, 등, 폭죽에 불을 붙이는 데 매우 요긴하게 쓰였다고 해요. 10세기에 북송의 시인 도곡陶谷, 903~970은 이 성냥을 '불을 나르는 노비'라는 뜻에서 '인광노(引光奴)'라고 묘사했어요. 중국에서 성냥은 '한 마디 길이의 불 막대'라는 뜻의 '화촌(火寸)'이라는 이름으로도 불렸습니다.

마르코 폴로 같은 여행자들이 이 성냥을 유럽으로 가져왔을지도 모른다고 생각할 수도 있습니다. 성냥이 항저우 시장에서 팔리고 있었고, 마르코 폴로가 이곳을 13세기에 다녀간 것은 사실이기 때문입니다. 하지만 유럽에서 인을 바르지 않은 원시적인 성냥은 1530년 무렵에야 처음으로 등장했답니다.

고무
Rubber

처음 발견된 곳: 메소아메리카
시기: 기원전 1600년

천연고무(카우츄크)는 남아메리카가 원산지인 고무나무의 수액으로 만듭니다. 고무는 기원전 1600년에 *올메카문명을 일군 남아메리카 토착민들에 의해 처음으로 쓰이기 시작했어요. 이들은 고무로 공을 만들어서 의식용 구기 경기를 치렀지요. 또한 올메카인은 고무에 다른 성분을 첨가하고 가열하여 더욱 쓸모 있게 활용하는 방법도 알고 있었습니다. 마야인과 아스테카인 또한 방수 옷감과 그릇을 만드는 데 고무를 이용했지요.

고무가 유럽에 알려진 것은 1736년의 일입니다. 프랑스의 탐험 여행가 라 콩다민^{la Condamine, 1701~1774}이 글을 통해 고무를 처음으로 소개했지요. 그런가 하면 1770년에 영국의 과학자 조지프 프리스틀리^{Joseph Priestley, 1733~1804}는 고무에 관한 또 하나의 흥미로운 특성을 알아냈습니다. 고무를 문지르면 연필 자국을 지울 수 있다는 사실을 발견한 것입니다. 고무의

***

* 메소아메리카에서 자생한 최초 문명으로, '고무 나라의 사람'이란 뜻이다. 올메카문명 유적이 발견된 곳이 고무나무가 많이 자라는 지역이어서 붙여진 이름이다. 메소아메리카란 기원전 20세기부터 서기 15세기까지 중앙아메리카에서 흥망한 문명으로, 마야·톨텍·아스테카문명 따위가 여기에 속한다.

영어 이름 'rubber'는 여기서 유래했습니다. 문질러 없애는 (rub) 것이라는 뜻입니다.

고무는 19세기 초까지 아주 귀한 재료였습니다. 당시 고무의 주요 생산지였던 브라질에서는 고무나무 씨앗을 유출하는 이들을 사형에 처했을 정도였습니다. 그러다 마침내 모험가이자 생물자원 수탈자이기도 한 헨리 위컴Henry Wickham, 1846~1928이 고무나무 종자를 대량으로 영국에 밀반입하기에 이릅니다. 영국의 큐 왕립 식물원에서 이 종자 중 일부를 발아시켜 묘목으로 키우는 데 성공했지요. 고무나무 묘목은 대영제국의 식민지였던 인도와 싱가포르, 말레이시아 자치령 등에 보내졌고, 곧 식민지에서 고무 플랜테이션 농업이 시작되었습니다. 대규모 생산이 가능해진 뒤로, 고무는 건축물·자동차·바닥재·자동차 바퀴·장갑과 풍선을 비롯해 일상 곳곳에서 쓰이게 되었습니다.

고무와 관련해서 빼놓을 수 없는 미국 사나이가 한 명 있습니다. 찰스 굿이어Charles Goodyear, 1800~1860라는 발명가인데, 그는 가황법을 처음 알아낸 것으로 유명합니다. 가황법이란 천연고무에 유황이나 다른 물질을 섞은 뒤 가열하여 딱딱함과 탄성을 증가시키는 방법을 말합니다. 하지만 그가 고무 가공법을 알아내기 3,500년 전에 이미 올메카인들이 나름의 방식으로 고무를 처리했다는 사실은 곧잘 잊히곤 합니다.

거울
Mirrors

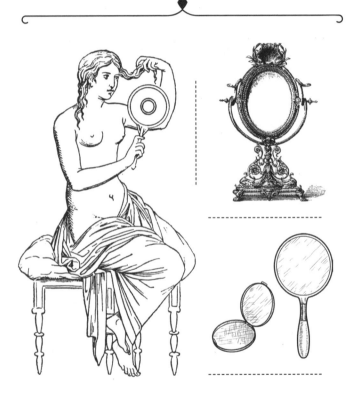

최초의 유물이 발견된 지역 : 터키
시기 : 기원전 6000년

고대 그리스 신화에는 나르키소스가 샘물에 비친 자신의 그림자를 보고 사랑에 빠지는 장면이 있지요. 여기서 우리가 추측할 수 있는 것은 처음에 인류가 잔잔한 물의 표면을 거울로 활용했다는 사실입니다.

'자연 거울'이 아닌, 진짜 거울을 만들려면 어떻게 해야 할까요? 먼저 반사율이 높은, 평평하고 매우 매끄러운 표면을 가진 물체가 있어야 합니다. 발견된 것 중 가장 오래된 거울은 검은색 유리질 화산암인 흑요석으로 만들어졌어요. 기원전 6000년에 오늘날 터키 영토에서 만들어진 거울로, 흑요석으로 되어 있습니다. 그런가 하면 구리 거울 유물도 발견되었는데요. 기원전 4000년 무렵 메소포타미아의 것들과 기원전 3000년 무렵 이집트의 것들이 있습니다.

중앙아메리카와 남아메리카에서는 금속 거울에 앞서, 매끈하게 윤을 낸 돌 거울이 쓰였습니다. 기원전 2000년에 만들어진 돌 거울 유물이 출토되었지요. 비슷한 시기에 중국에서도 매끄러운 청동 구리 거울이 만들어졌습니다.

비단

Silk

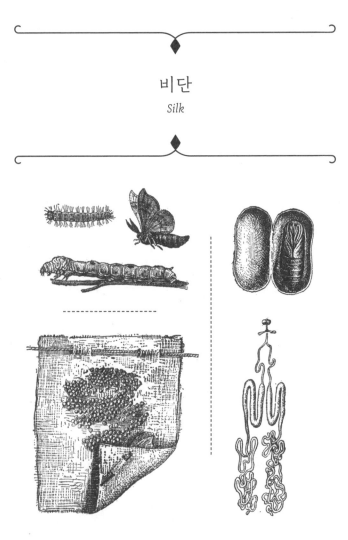

처음 발명된 곳: 중국
시기: 기원전 3000년

양잠, 그러니까 누에를 쳐서 실을 뽑는 것은 정말로 획기적이고 창조적인 발상 중 하나입니다. 수천 년 동안 중국은 비단 제조법이 밖으로 새어 나가지 못하도록 철통같이 막았지요. 그래서 한동안 아무도 비단의 비밀을 몰랐습니다. 오죽하면 기원전 1세기 말, 로마제국의 역사가 플리니우스가 비단을 두고 "물을 이용해 나뭇잎에서 솜털을 빗어내서" 만드는 것이라고 믿었을 정도입니다.

비단의 발견은 전설의 시대로 거슬러 올라갑니다. 기원전 3000년 무렵에 중국을 통치했다고 하는 황제 헌원의 '아내'인 서릉씨(西陵氏)가 양잠을 처음으로 시작했다고 하지요. 서릉씨는 '양잠의 신'으로도 불립니다.

양잠이 약 5,000년 전부터 중국에서 시행되었다는 구체적인 증거도 있어요. 양잠의 흔적을 보여 주는 누에고치 반쪽이 황허강 유역에서 출토되었는데, 이는 기원전 2600년 무렵의 것으로 추정됩니다. 한편 저장성(浙江省)에서 발견된 비단 리본과 실, 그 밖의 비단 조각들은 기원전 3000년 무렵에 만들어진 듯합니다. 최근의 연구에 따르면, 인류는 비단을 만드는 비밀을 더 이른 시기부터 알고 있었던 것으로 짐작됩니다. 약 6,000~7,000년 된 누에 장식이 있는 상아 컵이 발견되었을 뿐 아니라, 양쯔강 하류에서 출토된 양잠 유물은 기원전 5000년 이전에 양잠이 이뤄졌음을 시사하고 있어요.

이제 양잠의 진짜 비밀을 알려 드리겠습니다. 양잠의 비밀은 눈이 없고 날지 못하는 누에나방(Bombyx mori)의 일생에 있습니다. 누에나방 한 마리는 죽기 바로 직전이 되어서 한번에 500개쯤의 알을 낳습니다. 이 작은 알에서 3만 마리가량의 누에가 태어나지요. 누에는 어마어마한 양의 뽕잎을 먹어치우는데, 그러고 나면 몸집이 1만 배가 커집니다. 이때 누에고치들이 토하는 실이 약 5.4킬로그램에 달하며, 누에고치 하나에서 풀어낸 실 가닥은 900미터에 이르지요. 누에가 입에서 실을 토해 고치를 만들면, 농부들은 증기로 찌거나 구워서 고치 안의 번데기를 죽입니다. 그러고 나서 누에고치를 뜨거운 물에 넣고, 실 끝을 조심스럽게 풀어 실을 만든 뒤 말리는 것입니다.

한편 중국의 고대 문헌에는 서릉씨가 베틀을 발명했다고 적혀 있습니다. 그러나 이것이 진짜인지는 따져 봐야 합니다. 오늘날 보존 상태가 좋은 가장 오래된 베틀은 대략 2,200년 전에 만들어진 것이거든요. 따라서 처음에 베틀이 어떻게 사용되었고, 문양 패턴을 짜는 직조기가 언제 발명되었는지는 정확히 알 수 없습니다.

그 이름도 유명한 중국의 실크로드는 먼 옛날 여행자들이 옥과 말, 상아 같은 귀중품을 실어 나르던 통상로였습니다. 그중에서도 가장 유명한 물품인 '비단'을 따라서 이 길에 실크로드라는 이름이 붙었지요. 중국에서 건너온 비단은 특유의 부드러운 감촉과 우아함으로 전 세계에서 사랑을 받았답니다.

게임

Games

처음 발명된 때: 선사시대

게임과 놀이의 역사

게임과 놀이의 역사는 우리의 먼 조상으로 거슬러 올라갑니다. 많은 포유류의 새끼들이 놀이의 형식으로 필요한 지식을 경험하고 체득해 왔지요. 그렇기 때문에 특정 놀이가 언제 생겨났는지 밝혀내기란 매우 어렵습니다. 설사 증거가 있다고 해도 정확한 시점을 규명하기는 힘들지요. 대부분의 고고학 유적에서 진흙을 뭉친 둥근 공, 모양을 낸 나무 쪼가리 같은 것이 흔히 발굴됩니다. 이것들이 놀이에 쓰인 물건인지, 의례를 치를 때 썼는지, 아니면 또 다른 용도를 갖고 있었는지 확인하기는 어렵습니다.

그럼 놀이와 관련된 기록을 찾아봅시다. 기원전 5세기에 그리스의 역사가 헤로도토스^{Herodotos, 기원전 484?~425?}는 고대 리디아왕국에서 최초로 주사위·공기놀이·공놀이, 그리고 "체커를 뺀 모든 체스 놀이"를 개발했다고 적었습니다. 그는 리디아왕국이 이렇게 놀이를 만든 데는 이유가 있다고 보았습니다. 기원전 13세기 리디아 지역에 극심한 기근이 닥치자 위정자들이 백성들의 정신을 딴 데로 돌리려고 별의별 게임을 고안했다는 것입니다. 그럴듯하다고요? 하지만 안타깝게도 명백히 틀린 사실입니다. 이미 리디아 기근이 발생하기 적어도 1,000년 전에 인도 아대륙에서 주사위가 발견되었습니다. 이면체와 사면체 주사위였는데, 모두 동물의 손가락마디뼈로 만들어진 것이었지요.

이번에는 게임과 관련된 가장 오래된 유물이 발견된 곳으로 찾아가 보겠습니다. 터키 남동부 바수르 회위크(Basur Höyük) 지역의 봉분입니다. 이곳에서 대략 5,000년 된 색칠한 돌 조각 49개가 출토되었습니다.

비슷한 시기 고대 이집트에서 만들어진 '메헨 놀이판'도 오늘날까지 남아 있습니다. 메헨(Mehen)은 이집트 신화에서 뱀의 형상으로 나타나는 신입니다. 이 이름을 딴 놀이판은 둥근 원형 판으로, 마치 뱀이 똬리를 튼 듯한 모양을 연상하게 합니다. 이 게임의 규칙은 알려진 것이 없습니다. 고대 이집트인이 메헨 놀이판을 통해 어떻게 놀이를 즐겼는지 궁금할 따름입니다. 한편 시리아와 이라크 지역, 아카디아와 바빌로니아문명 같은 후대 문화권에서 만들어진 다른 유물들도 발견되었습니다.

놀이의 역사와 관련된 재미난 이야기들

◆ 놀이 규칙이 알려진 먼 옛날의 게임으로는 '우르 게임'이 있습니다. 주사위를 던져 나온 숫자만큼 말을 움직이는 게임이에요. 이 게임은 수 세기 뒤 고대 이

집트 사람들에 의해 명맥이 유지되었습니다. 로마인들이 '루두스 두오데침(Ludus Duodecim, '12줄의 게임'이라는 뜻: 옮긴이)'이라고 부르던 주사위 놀이도 마찬가지로 먼 옛날부터 전해 내려왔을 것으로 추측됩니다.

◆ 고대 이집트인이 체커 게임의 원형을 고안했다는 사실도 흥미롭습니다. 세네트(senet)라는 이 게임은 총 30개의 네모 칸으로 구성된 말판(세로 3칸×가로 10칸)에서 진행됩니다. 말을 움직여 말판 위의 네모 칸을 먼저 완주하면 승리하는 게임이지요. 고대 이집트 유적지에서는 다른 장난감들도 발견되었습니다. 입으로 딱 소리를 내는 악어, 한눈에 봐도 오락용으로 보이는 나무 인형, 반죽을 주무르며 빵을 만드는 나무 인형 같은 것들 말이에요.

◆ 그리스와 로마 시대가 되면 오늘날 흔히 즐기는 게임들의 원형이 등장하기 시작합니다. 핸드볼, 공기놀이, 틱택토(tic-tac-toe, 3×3 판에서 빙고 게임처럼 진행되는 놀이: 옮긴이), 다양한 보드게임이 이때 창안되었지요. 체스 게임은 상당히 나중에 등장한 편입니다. 서기 6세기에 인도인이 체스 게임을 했다고 알려져 있습니다. 역사학자들 대부분은 체스가 인도에서 고안되었다는 데에 동의합니다. 물론 체스가 중국에서 인도로 넘어왔다는 주장도 있지만요.

◆ 도미노 카드놀이는 1에서 6까지의 숫자를 사용한다는 점에서 주사위와 관련이 있습니다. 이 카드놀이는 일반적으로 18세기 이탈리아에서 시작되었다고 알려져 있었습니다. 그런데 중국의 역사 자료들을 살펴보면, 이보다 훨씬 이전에 도미노와 비슷한 카드놀이가 언급되어 있는 것을 확인할 수 있습니다. 중국 황제가 선물로 "총 227개의 점이 표시된 32개의 골패" 한 벌을 받았다고 쓰인 대목도 있지요.

세네트 게임을 하는 모습(기원전 1298~1235년 무렵)

최초로 스키를 탄 사람

First Skiers

최초의 흔적이 발견된 곳: 러시아 북부 비스(Vis)

시기: 8,000여 년 전

지금은 스키를 스포츠로 즐기지요. 하지만 최초의 스키는 스포츠를 즐기려는 용도가 아니라, 눈과 얼음으로 덮인 야외를 다니기 위한 보행용으로 만들어졌을 가능성이 큽니다.

그런데 스키와 관련된 유물을 찾는 것은 쉽지 않습니다. 옛날에 인류는 스키를 나무로 만들었고, 이 때문에 현재까지 남아 있는 스키 유물이 극히 드물기 때문입니다. 다행히 러시아 북부 비스(Vis) 고고학 유적(우랄산맥 부근)의 토탄 늪 안에서 나무 스키의 파편을 찾을 수 있었습니다. 탄소 연대 측정에 따르면 8,000여 년 전에 만들어진 것으로 추정됩니다. 이 스키는 앞쪽 끝부분이 아주 인상적인데, 조각한 엘크 사슴의 머리로 장식되어 있지요. 이것이 브레이크 역할도 했던 것 같습니다.

한편 노르웨이 북부의 작은 섬에서는 스키를 타는 사람이 묘사된 바위 조각이 발견되었습니다. 4,500년 전에 형성된 이 바위 조각에는 자신의 키보다 두 배는 되어 보이는 스키를 탄 인물의 모습이 새겨져 있습니다. 스틱 하나로 스키를 조종하는 이 인물은, 활강 자세를 취한 듯 다리를 구부려 자세를 낮춥니다. 또한 토끼처럼 귀가 솟아 있어 특별한 의

상을 착용한 듯 보입니다. 이는 아마도 토끼를 행운의 상징
으로 여기던 관습과 관련이 있는 것 같습니다.

노르웨이 북부의 작은 섬에서 출토된
스키 타는 사람을 묘사한 바위 조각

제
2
전
시
실

－
기
계
및
기
술
－

증기기관

Extraordinary Steam Engine

처음 발명된 곳: 그리스

시기: 1세기

천재 헤론의 기발한 발명품들

이집트의 위대한 과학자 헤론은 알렉산드리아의 왕실 부속 연구소인 무세이온에서 수학과 물리학을 가르치던 뛰어난 학자였습니다. 그는 아르키메데스[Archimedes, 기원전 287?~212]와 마찬가지로 학문적 천재성을 발휘하여 기발한 장치를 수없이 만들어 냈습니다.

헤론이 세계 최초의 자동판매기를 개발했다는 사실, 알고 있나요? 이 기계는 5드라크마(그리스의 화폐 단위: 옮긴이)짜리 동전 하나를 넣으면, 일정량의 성수(聖水)를 내주도록 만들어졌습니다. 이것 말고도 헤론은 풍력을 이용한 오르간, 물을 높은 곳으로 올려 보내는 피스톤 펌프, 외부의 동력 없이 물을 저절로 뿜어내는 *헤론의 분수 등 다양한 기계 장치를 고안해 냈습니다.

또한 헤론은 신전의 문이 저절로 열리고 닫히게 하는 장치를 개발했어요. 원리는 이렇습니다. 사제가 화로에 불을 피우면, 화로 아래 동그란 물탱크 안의 물이 끓어오릅니다.

---

* 높이에 따른 기압 차를 이용해 위치에너지를 운동에너지로 전환시켜 물이 뿜어지게 한 원리를 이용했다.

그러면 물이 관을 통해 흘러서 양동이로 밀려나고, 양동이 무게가 증가해 도르래가 돌아가면서 문을 잡아당겨 여는 것이지요. 불이 꺼지면 냉각된 물이 물탱크 안으로 빨려 돌아왔습니다. 그러면 가벼워진 양동이가 올라가면서 문이 저절로 닫혔지요. 헤론의 이 기계장치는 신전을 찾은 사람들로 하여금 경외감을 느끼게 하는 효과가 있었어요.

앞에서 살펴보았듯 헤론의 발명품 대부분은 밀폐된 장치 안에서의 무게 이동이나 물을 활용한 것이었습니다. 예를 들어 자동판매기는 동전의 무게에 작은 저울판이 내려앉으면서 밸브를 열어 성수를 내보내는 식으로 작동했습니다. 자동 분수는 유체역학 에너지(부력에 의해 물속 사물의 무게가 더 가볍게 느껴지는 것)에 의해 작동했으며 신전의 문은 뜨거워진 물이 팽창하고 증발하면서 열리고 닫히는 식이었지요.

시대를 앞서는 헤론의 증기기관

헤론은 이 장치들에 쓰인 원리들 몇 가지를 바탕으로, 세계 최초의 증기기관이라고 불러도 될 만한 기구인 '헤론의 공'을 만들었습니다. 이는 헤론의 가장 유명한 발명품이기도 하지요. 헤론의 공은 물이 담긴 밀폐된 가마솥과 구로 이뤄졌는데, 솥 아래서 불을 때서 물을 데우게 되어 있었지요. 물이 끓어오르면 수증기가 파이프를 타고 올라가면서 구의 지지대 역할을 하는 또 다른 두 개의 파이프를 통해 뿜어져 나왔습니다. 이때 나오는 수증기의 힘에 의해 구는 수평축을 따라 빠르게 회전했습니다. (최근에 복원된 헤론의 공은 1,500rpm, 그러니까 분당 1,500번 회전이라는 놀라운 속도를 냈습니다. 오늘날의 증기 터빈과 비교해 보아도 인상 깊은 수치입니다.)

하지만 헤론의 증기기관은 에너지를 생산하는 실용적 도구라고 보기에는 효율성이 너무 떨어졌습니다. 헤론은 산업용 증기기관을 만들려고 마음먹었던 게 아닌 듯합니다. 그저 신기한 기계장치를 한번 만들어 보고 싶었던 것은 아닐까요? 그렇다고 하더라도 이 기술을 실린더, 피스톤과 결합하면 더욱 쓸모 있는 기계가 나왔을 수도 있습니다. 헤론이 왜 다음 단계로 넘어가지 않았는지 그 이유는 분명하지 않습니다. 일부 학자들은 이 시기에 만연해 있던 노예제도와 끊이지 않는 전쟁의 위협 때문이라고 추정합니다. 일단, 애초에 헤론이 에너지를 만들어 내는 기계장치를 발명하려고 노력할 필요는 없었을 듯합니다. 주위에 언제든 몸을 써서 일을 할 노예가 널려 있었으니까요. 그 대신 헤론은 이 기계장치를 만들어서 사람들을 깜짝 놀라게 하거나, 오락적 장치로 쓰거나, 군사적으로 응용하려고 했을 것이라는 게 오늘날 학자들의 추측입니다.

어쨌든 헤론이 대단한 일을 해낸 것임에는 틀림없습니다. 오랜 시간이 지나 17세기에 들어서야 진정한 증기기관이 개발되었다는 사실을 떠올려 보면 그렇습니다. 1606년

에스파냐 출신 군인 제로니모가 물을 퍼내는 기초적인 증기 기구를 고안하여 특허를 받았습니다. 1698년 영국의 군사 기술자 토머스 세이버리는 증기로 압력을 가해 물을 퍼내는 양수기를 개발했지요. 1712년에는 토머스 뉴커먼이 만든 기계가 탄광에서 동력 펌프로 사용되기 시작했습니다. 이렇듯 증기기관은 발전을 거듭했지요.

그리고 마침내 1781년에 제임스 와트가 지속적으로 동력을 공급할 수 있는 최초의 증기기관을 발명했습니다. 그러고 보면 헤론은 정말 위대한 학자임에 틀림없습니다. 증기기관의 원천 기술을 이미 1세기에 고안했으니까요. 헤론은 엔지니어를 뜻하는 그리스 단어 '미카니코스(Michanikos)'라는 별명으로 불릴 자격이 충분한 사람이었습니다.

'헤론의 공'은
기록상으로 따져 보았을 때
최초의 증기엔진으로 생각된다.

등대
Lighthouse

처음 세워진 곳: 이집트 알렉산드리아
시기: 기원전 3세기

등대는 그리스인에 의해 발명되었던 것 같습니다. 그것을 열혈 로마인들이 웅장한 건축물로 개조하여 로마 전역에 퍼뜨렸지요. 호메로스의 전설에 따르면, 펠로폰네소스반도에 위치한 도시국가 나프플리오(Nafplio)의 팔라메데스가 처음으로 등대를 발명했다고 합니다. (팔라메데스는 트로이전쟁 때 활약한 용맹한 장수로 유명하지요.) 그런가 하면 기원전 5세기에 아테네의 정치가 테미스토클레스가 피레우스 항구 입구에 돌계단을 쌓아서 봉화대를 건설했다고 전해집니다. 불을 높이 게양하면 주위가 환해지고 바다 멀리에서도 눈에 띄는 효과가 있었을 겁니다.

가장 많이 알려진 고대 등대는 세계 7대 불가사의 중 하나로 꼽히는 알렉산드리아의 파로스 등대입니다. 알렉산드리아는 알렉산드로스대왕이 지협(地峽, 두 개의 육지를 연결하는 좁고 잘록한 땅: 옮긴이)에 세운 도시였고, 그 맞은편에 작은 섬인 파로스가 위치하고 있었습니다. 당시 알렉산드리아와 파로스섬은 돌로 쌓아 만든 거대한 방파제로 연결되어 있었습니다. 이 방파제는 '7스타디온(1스타디온은 대략 180미터의 거리 단위를 가리킴: 옮긴이)'을 뜻하는 '헵타스타디온

(Heptastadion)'이라고 불렸습니다. 이렇게 해서 알렉산드리아는 거대한 항구 도시가 되었습니다.

시간이 지나 알렉산드로스대왕이 세상을 떠난 뒤 프톨레마이오스 1세가 왕이 됩니다. 새로운 왕은 파로스섬에 거대한 등대를 세우기로 합니다. 기원전 280년에 시작된 건설 공사는 기원전·247년이 되어서야 마무리되었지요. 석회암으로 만든 이 등대 탑은 높이가 106미터에 달했습니다. 당시 전 세계에서 단연코 가장 높은 건축물이었지요. 등대 맨 아래층의 기단은 정사각형 모양이었고, 가운데층은 팔각형, 꼭대기 층은 원통형을 하고 있었습니다. 꼭대기 옥탑에는 용광로를 두었는데, 이 용광로가 160킬로미터 떨어진 곳에서도 보였다는 기록이 있습니다. 또한 거대한 반사경을 설치해 낮에는 태양 빛이 바다 쪽으로 반사되도록 하여 밤에 등대가 빛나는 것과 동일한 효과를 냈지요.

파로스 등대는 선박이 안전하게 항구로 들어올 수 있도록 유도하는 데 쓰였습니다. 시간이 지나면서 파로스라는 이름은 등대 자체를 가리키는 말이 되었지요. 오늘날 여러 언어에서 등대를 지칭하는 단어들이 파로스에서 유래했습니다. 그리스어 'pharos', 이탈리아어 'faro', 프랑스어 'phare', 루마니아어 'far', 그리고 러시아어로 헤드라이트를 뜻하는 'fara/фapa'를 예로 들 수 있겠네요.

이 등대는 1,000년이 넘도록 바닷길을 밝혀 주며 제자리를 지켰습니다. 하지만 안타깝게도 956년, 1303년, 1323년에 발생한 지진에 의해 파손되고, 1480년 자취를 감추고 말았습니다. 여기에는 비잔틴제국의 스파이가 보물을 찾기 위해 땅을 교활하게 파내는 바람에, 지반이 약해지면서 등대가 허물어졌다는 확인할 수 없는 이야기도 전해집니다.

이집트 알렉산드리아의 파로스 등대는
높이가 100미터가 넘었을 것으로 추정된다.

금속 가공에 관한 짤막한 역사

A Very Brief History of Metalwork

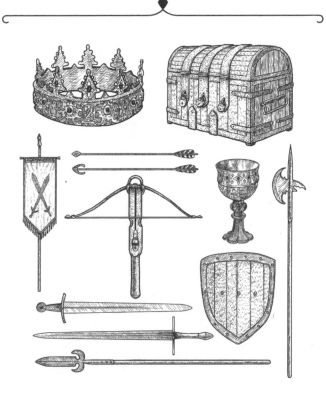

가장 오래된 금속 유물이 발견된 곳: 이라크

시기: 기원전 8700년 무렵

금속으로 도구와 장식품을 만드는 능력은 문명 발달에서 매우 중요한 역할을 했습니다. 이번에는 금속 세공과 관련된 역사 이야기를 해 볼까 합니다.

◆ 인간이 제일 먼저 사용한 금속은 구리, 금, 운철(운석에서 발견되는 철)이었습니다.

◆ 최초의 도구는 구리로 만들어졌습니다. 구리는 기원전 9000년 무렵에 이미 사용되고 있었지요.

◆ 이라크에서 발견된 구리 펜던트는 기원전 8700년 무렵에 만들어졌을 것으로 짐작됩니다.

◆ 석기시대 사람들 역시 오늘날 우리들처럼 금과 은에 매혹되었습니다. 기원전 6600년 무렵이 되면 인류는 이 금속들을 장신구 형태로 빚는 법을 알게 됩니다.

◆ 처음에 사람들은 구리를 천연 형태 그대로 썼습니다. 그러다 기원전 3500~3000년 사이에 중국과 유럽에서 각각 독자적으로 구리를 제련하는 방법을 알아냈지요.

◆ 1991년에 알프스 해발 3,200미터에서 꽁꽁 언 미라 상태의 신석기인이 발견되었습니다. 사람들은 이 미

라에 아이스맨 외치(Ötzi the Iceman)라는 이름을 붙여 주었지요. 외치는 기원전 3200년 무렵에 죽은 것으로 추정됩니다. 그런데 머리카락과 그와 함께 발견된 정교한 구리 도끼에 비소(砒素)의 흔적이 남아 있는 것으로 보아, 그가 구리를 제련하는 일을 했음을 알 수 있지요.

◆ 주석은 기원전 3000년경부터 채굴되었습니다. 확인된 바로 가장 오래된 주석 광산 지역은 독일과 체코 공화국의 국경이 맞닿은 에르츠산맥(Erzgebirge)에 있었지요.

◆ 기원전 2300년 무렵, 사람들이 두 가지 금속을 합쳐서 더 강력한 금속을 만들어 내는 야금 기술(광석에서 금속을 추출하고 정련하여 사용 목적에 맞는 형상으로 만드는 기술: 옮긴이)을 발견하면서 청동기시대의 문이 열렸습니다. 청동은 구리와 주석을 결합해 만들지요.

◆ 기원전 3000년대, 메소포타미아문명의 궁전들에는 세밀하게 가공된 구리와 금 수백 킬로그램이 늘어서 있었습니다. 또한 메소포타미아인은 청동 무기를 사용했지요.

◆ 기원전 2000년 무렵에 남아메리카의 페루인은 금을 정밀하게 가공할 줄 알았습니다. 기원전 1400~1000년, 올메카문명의 장인들은 철을 거울로 사용할 수

있을 만큼 윤이 나게 연마했지요. 그런가 하면 고대 이집트인은 광산 채굴뿐만 아니라 화력 채굴법(암벽을 장작불로 가열해서 산산조각을 낸 뒤 채굴하는 방법)이라는 오래된 기술을 사용해서 엄청난 양의 금을 끌어모았습니다.

◆ 야금 기술은 중세 시대가 되어서야 남아메리카에 전파되었습니다. 비록 늦게 시작했지만 남아메리카의 아스테카, 잉카, 마야문명은 합금과 도금 기술을 활용하여 금속을 다루는 방법을 훨씬 정교하게 발전시켰지요.

◆ 고대 그리스인은 처음으로 청동 주물 기술을 활용했습니다. 청동 주물 기술이란 쇠붙이를 녹여 거푸집에 부은 다음, 굳혀서 만드는 것을 말합니다.

◆ 주철과 연철이 수천 년 동안 사용되고 있었지만, 철기시대는 기원전 1200~800년 무렵에야 시작되었습니다. 이때 비로소 쇠를 보강한 강철(steel)이 대량으로 생산되었기 때문입니다.

◆ 강철 제조법은 2,000년 전에 탄자니아 지역에서 독자적으로 발견되었습니다. 탄자니아의 하얀(Hayan) 부족은 진흙과 풀로 만든 야외 용광로를 사용했는데, 이 용광로를 통해 쇠를 강철로 변화시키는 데 필수적인 탄소를 공급했습니다.

그리스의 기술

Greek Technology

그리스인은 참으로 똑똑했습니다. 기원전 300년부터 서기 150년까지 고대 그리스에서 엄청나게 많은 도구들이 제작되었는데, 그중 상당수가 1,000년 이상 서구와 무슬림 세계에서 사용되었거든요. 스크루, 오르간, 다이얼, 속도계, 잠수 장비, 양피지, 기와, 방파제…. 이외에도 엄청나게 많답니다.

고대인이 사람의 힘 없이도 에너지 추진력을 얻을 수 있었던 네 가지 방법은 물레방아, 풍차, 증기기관, 축력(畜力)이었습니다. 이 시기 그리스인은 네 가지 방법 중에서 앞의 세 가지인 물레방아, 풍차, 증기기관을 처음으로 개척했습니다.

고대 그리스의 유명한 발명가에는 헤론과 아르키메데스뿐만 아니라 '공기역학의 아버지'로 알려진 크테시비오스가 있습니다. 그는 공기역학을 이용하여 강력한 양수기를 발명했고, 세계 최초의 파이프오르간도 만들어 냈습니다. 현대 피아노 건반의 디자인은 크테시비오스의 오르간에서 유래했지요.

바퀴
Wheel

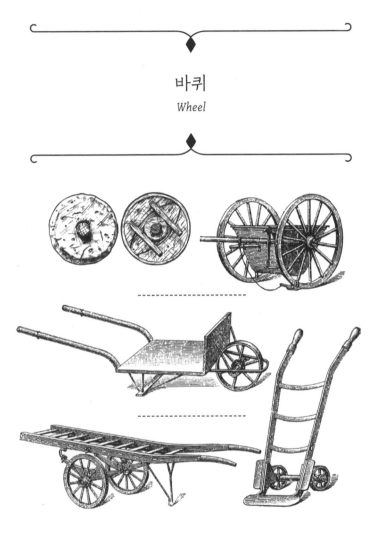

처음 발명된 곳: 러시아

시기: 기원전 2000년

수레바퀴는 정말 중요한 고대 발명품 중 하나입니다. 그런데 수레바퀴를 만드는 기술은 아주 오래전부터 더디게 발전했습니다. 석기시대 사람들은 무거운 물건 밑에 둥근 통나무들을 나란히 깔아 놓은 뒤, 이를 굴려서 더욱 쉽게 물건을 옮겼습니다. 영국 스톤헨지의 거대한 돌기둥들도 이런 방식으로 옮겨졌지요. 이 굴림대가 뒷날 수레바퀴 발명으로 이어진 것입니다. 인류가 처음으로 사용한 바퀴는 그릇을 만드는 돌림판(potter's wheel)이었습니다. 이 물레는 약 6,000년 전부터 이미 쓰였습니다. 기원전 3500년 무렵 메소포타미아 지역에서 만들어진 물레가 발견되었지요.

바퀴가 달린 탈것은 언제 만들어지기 시작했을까요? 그 최초의 증거 역시 이 시기의 것입니다. 폴란드 남부의 푼넬비커 문화(Funnelbeaker culture, 기원전 4000~2700년경에 유럽에 존재했던 독특한 농사 문화: 옮긴이)에서 기원전 3500~3350년에 만들어졌다고 추정되는 단지에, 바퀴 네 개와 굴대 두 개로 구성된 수레가 그려져 있습니다.

처음에 사람들은 돌로 만든 바퀴를 사용하다가 이내 더 가벼운 나무로 만든 바퀴를 선호하게 됩니다. 하지만 나무로 만든 수레바퀴 역시 엄청나게 무거웠고, 이 때문에 초기의 탈것은 울퉁불퉁하거나 축축한 땅 위를 지나다니기가 어려웠습니다. 바퀴살이 만들어지고 나서야 이런 문제들을 해결할 수 있게 되었지요. 바퀴살이 있는 최초의 바퀴는 기원전 2000년 무렵, 러시아 유라시아 초원에서 발생한 신타시타 문화(Sintashta culture)에서 만들어진 것으로 알려져 있습니다.

한편 유라시아 캅카스산맥에 거주하던 기마 부족들은 이후 수백 년간 바퀴살이 있는 바퀴가 달린 가공할 만한 전차를 만들었습니다. 이 시기의 수레바퀴는 단단한 통나무를 원판 모양으로 잘라서 만들었습니다. 바퀴살 대패(spokeshave)라는 특수한 연장을 이용하여 원에 삼각형 모양으로 나무를 파냈고, 바깥 테두리와 안쪽 테두리(수레와 연결하는 굴대가 들어갈 구멍이 뚫려 있음)와 바퀴살을 남겼습니다. 그리고 두 원을 바퀴살로 연결해서 구조를 보강했습니다. 그 결과 훨씬 가벼우면서도 내구성이 좋은 수레바퀴가 만들어졌지요. 이 기술은 서서히 유럽 전역에 전파되었습니다. 켈틱 문화권(Celtic cultures, 켈트족 문화를 공유하는 지역: 옮긴이)을 비롯하여 일부 지역에서는 바깥 테두리에 쇠를 덧씌워서 보완하기도 했지요.

자, 이렇게 멋진 수레바퀴를 만들었으니 이제 바퀴를 신나게 굴릴 만한 좋은 길이 필요하겠지요. 평탄하고 잘 닦은 길이 절실히 필요해졌습니다. 도로 포장 기술을 최고의 경지로 끌어올린 것은 기원전 500년 이후의 로마인들이었습니다. 하지만 로마의 도로가 유명해지기 전부터, 상대적으로 평탄한 초원 지대와 캅카스산맥에서는 바큇살이 있는 수레바퀴가 효율적으로 활용되고 있었습니다.

이집트 고분에서 발견된 전차 바퀴(기원전 1400년 무렵)

선사시대 발명품

바늘, 옷, 밧줄, 바구니, 배, 피리

Prehistoric Inventions

✤

수레바퀴가 인류 역사에 매우 커다란 발전이긴 해도, 가장
중요한 발명품이라고 할 수는 없지요. 수레바퀴 이전에도 여
러 중요한 발명품이 탄생하여 수천 년 동안 사용되고 있었으
니까요.

◆ 가장 오래된 바느질용 바늘은 6만 년 전에 만들어진
것입니다. 서아프리카 시부두 동굴에서 발견된 뼈바
늘인데, 누군가 끝을 뾰족하게 다듬은 듯 보입니다.
슬로베니아 포토크 동굴에서는 약 4만 5,000년 전에
만들어진 뼈바늘이 발견되었습니다. 또 중국과 러시
아에서 발견된 뼈바늘과 상아 바늘은 약 3만 년 전에
만들어진 것으로 추정되지요.

◆ 다음으로 옷을 살펴봅시다. 이미 인류는 17만 년 전
부터 옷을 착용했을 가능성이 있습니다. 이와 관련된
과학적 증거도 있습니다. 사람의 몸과 섬유로 된 옷
사이에 사는 '몸니'가 머리카락에 사는 '머릿니'에서
분화한 시점을 계산하면, 사람이 옷을 입기 시작한
시점을 추측할 수 있다는 가설입니다. 몸니의 존재는

인간이 옷을 착용했음을 암시합니다. 한편 가장 오래된 것으로 알려진 염색된 (아마풀의 씨로 만들어진) 섬유질이 조지아의 한 동굴에서 발견되었는데, 이는 3만 6,000년 전의 것으로 추정됩니다.

◆ 이번에는 선사시대 이후로 쓰인 밧줄을 살펴보도록 하겠습니다. 선사시대부터 이미 다양한 종류의 밧줄이 있었습니다. 처음에 인류는 넝쿨 같은 식물 일부를 밧줄로 썼겠지요. 그러다 이것을 땋고 꼬아서 그럴듯한 밧줄로 만들어 썼을 가능성이 큽니다. 밧줄 섬유질 화석이 포함된 내화 점토 유물은 2만 8,000년 전에 만들어진 것으로 추정됩니다. 또 프랑스 도르도뉴에 있는 라스코동굴의 여러 방들 중 한 곳에서는 기원전 15000년 무렵에 두 가닥의 실로 짜서 만든 밧줄의 화석 파편이 발견되기도 했고요.

◆ 탄소 연대 측정법을 통해 확인된 가장 오래된 바구니는 대략 1만 년에서 1만 2,000년 정도 된 것으로 보입니다. 물론 이전부터 바구니가 쓰이고 있었을 가능성이 큽니다. 다만 일반적으로 썩기 쉬운 식물이나 동물 가죽으로 만들어졌기 때문에, 현재까지 온전히 형태가 남은 것이 극히 드물지요.

◆ 지금까지 남아 있는 가장 오래된 배는 페세 카누 (Pesse canoe)입니다. 이 카누는 기원전 8000년 무렵

소나무 몸통의 속을 파내 만들어진 것으로, 1955년 네덜란드에서 도로 건설 중에 발견되었습니다. 하지만 호주 대륙 곳곳에서 발견된 뗏목 유해에 대해 탄소 연대를 측정한 결과 약 4만 년 전에 만들어진 것임이 판명되었습니다. 따라서 인류가 바다를 건너 처음으로 호주 대륙에 정착하기 훨씬 전부터 배나 뗏목을 만들어 탔으리라 짐작됩니다.

◆ 음악은 역사 깊은 인간의 활동 중 하나지요. 이번에는 음악과 관련된 유물을 살펴보겠습니다. 피리는 우리가 아는 한 가장 오래된 악기입니다. 손으로 구멍을 뚫은 피리가 독일의 가이센클뢰스테를레(Geissenklösterle) 동굴에서 발견되었는데 이는 4만 년 전의 것으로 짐작되지요. 이 오래된 피리 유물들은 매머드 엄니와 백조 뼈, 곰 뼈처럼 상아나 뼈로 만들어졌습니다.

열기구

Hot Air Balloon

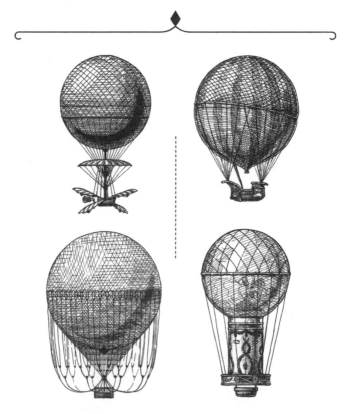

처음 발명된 곳: 중국

시기: 기원전 3세기

중국에서는 기원전 3세기부터 무인 열기구를 사용하고 있었습니다. 전략가 제갈공명은 전투에서 사방이 포위되자 풍등(風燈)을 하늘로 띄워 구조 신호를 보냈다지요. 그래서인지 (아니면 풍등이 제갈공명이 자주 쓰던 모자를 닮았기 때문인지) 풍등은 공명등(孔明燈)이라고도 불립니다.

그럼 이때 사람이 타는 열기구도 제작되었을까요? 풍등이 있었다면 사람이 탄 열기구도 만들어졌을 법합니다. 하지만 이런 가설을 뒷받침할 만한 증거는 아직 없습니다. 다만 중국의 옛 문헌에 "공중비행 문제를 해결했다"고 적혀 있기는 합니다. 이는 사람을 태운 열기구를 하늘로 보냈음을 암시하는 말일 수도 있지요.

또한 페루 나스카 평원에 생명체를 그린 미술 작품도 살펴볼 만한 가치가 있습니다. 이 그림은 서기 500~900년 사이에 나스카 문화에 의해 만들어졌습니다. 이 미술 작품은 땅에서 보면 어디에서도 전체 모습을 파악하기 어렵지만 하늘에서 관찰하면 거대한 지상화(地上畵)의 모습을 확인할 수 있지요. 이 미술 작품을 근거로 들어 그때 비행수단이 있었고, 사람들이 독자적으로 열기구를 발명했다는 주장이 제기되기도 합니다. 심지어 어떤 이들은 이 미술 작품을 두고, 다른 행성에서 온 외계인이 지구를 식민지로 삼았다는 증거라 내세우는 사람들도 있습니다. 하지만 우리는 터무니없는 결론에 이르지 않도록 주의해야 합니다.

페루 나스카 평원의 지상화를 공중에서 본 모습

크레인

Crane

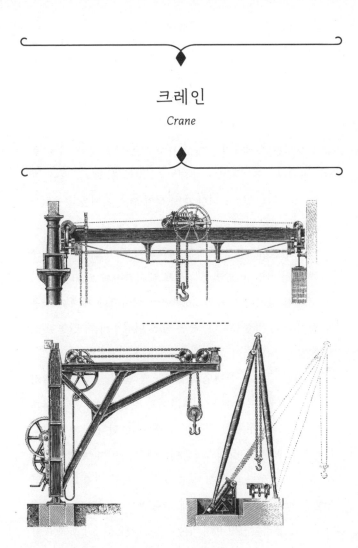

최초의 흔적이 발견된 곳: 그리스
시기: 기원전 6세기

앞서 살펴본 수레바퀴는 여섯 가지 전통적인 '단순 기계' 중 하나입니다. 단순 기계는 수레바퀴, 지렛대, 쐐기, 빗면, 도르래, 스크루를 일컫습니다. 기초적인 단순 기계를 활용하여 사람들은 더욱 큰 힘을 가할 수 있었지요.

그런데 단순 기계 중에서 지렛대와 쐐기는 석기시대부터 쭉 쓰인 반면, 비탈면은 이집트 대피라미드(Great Pyramid)가 건설될 당시인 기원전 2600년이 되어서야 제대로 사용된 것이 거의 확실합니다. 물론 훨씬 이전부터 더 단순한 공사를 할 때 비탈면이 쓰이긴 했겠지만요.

하지만 무거운 물건을 비탈면으로 옮기는 작업은 엄청난 힘을 쏟아부어야 하는 비효율적인 방식이었습니다. 도르래가 발명되면서 운반 기술이 한층 더 발전하게 되었지요. 기원전 1500년 무렵 메소포타미아에서는 이미 밧줄 도르래가 쓰이고 있었을 가능성이 큽니다. 하지만 밧줄 도르래와 관련된 결정적인 증거는 고대 그리스에서 나왔습니다. 수학자이자 물리학자인 아르키메데스는 기원전 3세기에 복합 도르래를 활용하는 방법을 글로 남겼습니다. 더 적은 힘으로 똑같은 무게를 들어 올릴 수 있는 방법을 알려 주고 싶었던 것입니다.

그런데 이보다 이전인 기원전 6세기에 그리스 신전을 만드는 데 쓰인 석재에는 크레인이 건설 과정에 동원되었음을 일러 주는 표식과 구멍이 있습니다. 그리스에서 제작된 가장 단순한 거중기는 도르래가 3개 달린 트리스파스토스(trispastos)라는 크레인이었습니다. 이 크레인은 지브(jib, 두 개의 연결된 기둥으로 이루어진 경사진 버팀대로, 그 위에 밧줄을 걺), 윈치(winch, 밧줄을 돌리거나 잡아당기는 지렛대), 3개의 도르래 블록으로 구성되었습니다. 이 크레인을 이용하면 일꾼 한 명이 150킬로그램까지 들어 올릴 수 있었습니다.

크레인은 파르테논신전 같은 대규모 건물을 건설하는 데 활용되었습니다. 물론 그리스인이 더 무거운 짐을 운반하기 위해 도르래가 5개 달린 거중기 펜타스파스토스(pentaspastos)나 심지어 3×5 도르래가 달린 복합 거중기 폴리스파스토스(polyspastos)를 사용했을 가능성도 있습니다.

이후 로마인은 크레인으로 더욱 어마어마한 무게를 들어 올렸습니다. 오늘날 레바논 바알베크에 있었던 유피테르신전을 건설할 당시, 사람들은 100톤가량 되는 돌덩이를 대략 19미터 높이까지 올려야 했습니다. 그 높이까지 돌덩이를 들어 올리려면 19미터가 훌쩍 넘는 크레인이 필요했을 겁니다.

로마의 트리스파스토스 거중기 덕분에
고대인들은 제법 무거운 짐을 들어 올릴 수 있었다.

스크루

Screw

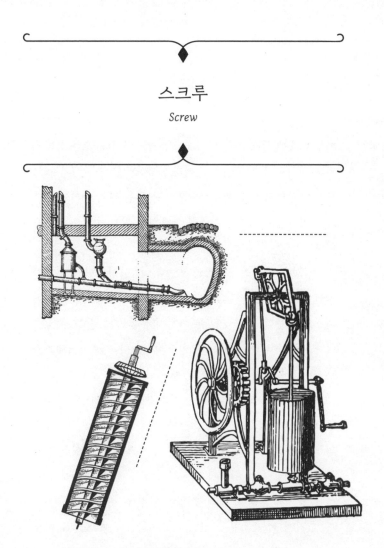

처음 발명된 곳: 고대 그리스
시기: 기원전 5~4세기

가장 나중에 등장한 단순 기계는 스크루입니다. 고대 그리스의 수학자이자 장군인 아르키타스Archytas, 기원전 430?~365?가 스크루를 발명한 것으로 전해지지요. 스크루는 원래 올리브와 포도를 압착해서 기름과 주스를 추출하기 위한 용도로 쓰였습니다.

이후에 '아르키메데스의 스크루'가 발명되면서 중대한 발전이 이루어졌습니다. 그런데 이 나사식 수차에 아르키메데스의 이름이 붙은 데는 두 가지 이유를 추측해 볼 수 있습니다. 아르키메데스에 의해 발명되었거나 아르키메데스가 많은 사람들에게 알렸거나 둘 중 하나겠지요.

아르키메데스의 스크루는 아르키타스의 스크루와 동일한 원리를 바탕으로 하고 있는데, 다른 점은 아르키메데스의 스크루의 경우 물을 끌어 올리면서 발생하는 힘을 이용한다는 것입니다. 이렇게 단순한 스크루 회전 덕분에 아주 적은 힘으로 물을 퍼 올릴 수 있게 되었습니다.

초기에 이 스크루는 땅에 물을 대거나, 배와 보트 바닥에 고인 오염된 물을 퍼내는 장치로 쓰였습니다. 로마인은 쓰임을 확장하여 광산의 배수 시설로 활용했지요. 이후 수 세기 동안 스크루는 물을 지속적으로 퍼 올리는 가장 효율적인 장치로 자리매김했습니다.

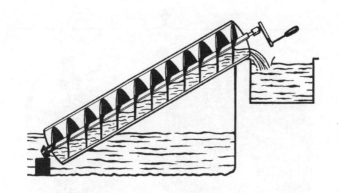

아르키메데스의 스크루는 오늘날에도 여전히
물을 옮기는 데 사용되고 있다.

터널과 광산
Tunnels and Mines

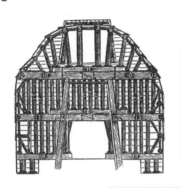

발견된 중에 가장 오래된 광산이 있는 곳: 스와질란드

시기: 4만 3,000년 전

선사시대부터 사람들은 특별한 종류의 광물과 금속을 찾아서 지구 표면 아래를 탐사했습니다. 이때 부싯돌은 인류가 가장 먼저 캐낸 광물 중 하나였지요. 이들은 부싯돌을 무기와 도구로 썼습니다.

왜 인류는 땅 아래를 탐사하게 되었을까요? 자꾸 지표면의 광물을 캐내다 보면 서서히 광물의 양이 줄어들 테고, 그러면 다른 방법을 찾을 수밖에 없습니다. 구석기인들은 이내 광물 층을 따라 파다 보면 또 다른 광물 층이 퍼져 있다는 사실을 알아냈습니다. (참고로 광산이 폭발적으로 증가한 시기는 신석기시대입니다.) 가장 오래된 광산은 스와질란드의 라이언 동굴(Lion Cave)에서 발견되었으며, 대략 4만 3,000년 전의 것으로 추정됩니다. 이 시기 구석기인은 적철석이라는 광물을 캐내서 이것으로 '레드 오커'라는 붉은색 염료를 만들었습니다. 그런가 하면 헝가리에서도 비슷한 시기에 개발된 부싯돌 광산이 발견되었지요. 이는 네안데르탈인 또한 도구를 만들기 위해 터널을 팠을 가능성이 있다는 사실을 암시합니다. 이때는 아직 호모사피엔스가 유럽 대륙에 살기 전이었기 때문입니다.

고대 이집트와 바빌로니아문명에 이르러서는 인류의 터널 뚫기 능력이 엄청나게 발전합니다. 이때부터 바위를 뚫어 터널을 내게 되었지요. 기원전 3000년대 초반 이집트에서는 북아프리카와 중동 전역에 흩어져 있던 광산의 공작석, 구리와 터키석을 캐내기 위한 대규모 건설 프로젝트가 진행되었습니다. 이집트 누비아의 금광은 가장 큰 고대 광산 중 하나였지요. 한편 기원전 2180~2160년에는 바빌로니아인들이 유프라테스강 아래에 총 길이가 914미터에 달하는 터널을 뚫을 만큼 기술이 뛰어났다는 기록도 전해집니다.

근래 들어 유럽 전역에서 매우 멋진 고고학 유적이 발견되었습니다. 바로 신석기시대 정착지의 지하 암석층에 조성된 터널들이지요. 이 중 수백 개가 오늘날까지 고스란히 남아 있어요. 고고학자들은 스코틀랜드 북부에서 지중해 해안까지 유럽 전역에 터널 수천 개가 만들어졌을 것이라고 추정합니다. 이 터널들은 사람이 기어 다닐 수 있는 정도의 넓이인데, 사이사이에 크고 작은 방이 있습니다. 이 방들이 이곳저곳으로 안전하게 이동하기 위한 용도인지, 아니면 은신처로 활용되었는지 분명하지는 않습니다. 하지만 바위를 뚫어 그런 공간을 마련했던 걸 보면 아주 중요한 목적이 있었던 듯합니다.

석유정과 시추공
Oil Wells and Boreholes

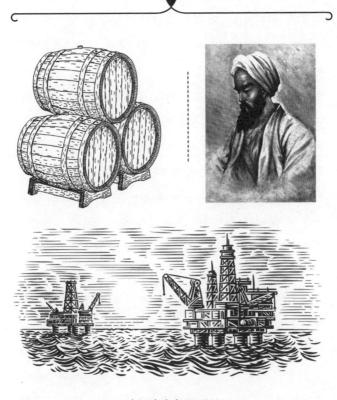

처음 발명된 곳: 중국

시기: 3세기

지면을 뚫고 구멍을 내서 액체를 추출하는 작업은 암석에서 광물을 캐내는 것보다 훨씬 복잡한 일입니다. 중국 한나라 (기원전 202~서기 220년) 때 광산 기술자들은 지면에서 600미터 아래까지 구멍을 뚫을 수 있는 방법을 생각해 냈습니다. 인부들은 나무 관 하나 혹은 여러 개를 지면에 꽂은 뒤에 대 (臺) 위로 뛰어올라서 기둥을 땅속으로 밀어 넣었습니다. 그러는 한편 물소나 황소 여러 마리에게 천공기(땅속에 구멍을 뚫어서 파내는 기계: 옮긴이)에 연결된 손잡이를 끌어당기게 해서 천공기를 회전시켜 관을 더욱 깊이 밀어 넣었지요. 흥미로운 사실은, 1860년 미국 캘리포니아에서 석유를 추출하던 초반에도 이와 거의 똑같은 방법을 사용했다는 겁니다. 물론 그때는 더 발전된 기술이 도입되었지만요.

347년 무렵, 중국에서는 원유도 퍼냈습니다. 대나무 송유관에 날을 부착하여 땅속에 구멍을 뚫었지요. 당시 사람들은 바닷물을 소금으로 만드는 일 등의 다양한 산업적 목적을 위해 석유를 태웠습니다. 이후 10세기에는 대나무 송유관을 통해 염전을 석유정에 연결했다는 기록들이 남아 있지요. 중국과 일본 모두 7세기부터는 석유와 천연가스를 활용하고 있었습니다.

한편 페르시아에서는 연금술사 무함마드 이븐 자카리야 라지^{Muhammad ibn Zakarīya Rāzi, 865?~925?}가 처음으로 석유에 증류 기술을 도입해서 등유를 추출해 낸 것으로 추정됩니다. 이 시기부터 줄곧 아랍과 페르시아 장인들은 원유를 정제할 때 다른 가연성 물질을 만들어 내려고 노력했는데, 이는 무기에 활용할 방법을 연구하기 위해서였습니다.

유리 제조법
Glassmaking

처음 발명된 곳: 비옥한 초승달 지대

시기: 기원전 3000년

비옥한 초승달 지대란 나일강 북쪽 끝에서 시작해 시리아와 이라크를 거쳐 페르시아만에 이르는 방대한 지역을 가리키는 말입니다. 이곳은 가장 오래된 문명의 요람으로 알려져 있습니다. 수메르, 메소포타미아, 바빌로니아, 아카디아, 고대 이집트 문화가 여기서 발전했지요.

그런데 비옥한 초승달 지대 곳곳에서 지금껏 발견된 것 중 가장 오래된 유리 파편들이 출토되었습니다. 물론 그렇다고 해서 각 문명들에서 모두 유리 제조법이 발달했다고 볼 수는 없습니다. 이 중 이집트인이 기원전 3000년 이후에 유리 제조 기술을 처음 개발한 것으로 추정됩니다.

처음에 사람들은 일부 지역에서 자연 발생적으로 나타나는 흑요석 형태의 유리를 겨우 얻을 수 있었을 뿐입니다. 그래서 선사시대에는 유리가 매우 귀한 물질이었지요. 이후 금속 세공술이 발전하면서 유리 제조법 또한 발달했습니다. 최초의 유리는 금속 세공물의 부산물인 작은 방울 크기였을 것으로 추측됩니다.

유리를 만드는 기술은 기원전 2000년대 전반 내내 이집트 지역에서 엄청난 속도로 발전합니다. 이 시기의 유물에는 주괴(금속 또는 합금을 녹인 다음 주형에 흘려 넣어 굳힌 것: 옮긴이), 그릇, 구슬 목걸이 등이 있지요.

기원전 1500년이 되면 정교한 형태의 유리 용기가 비교적 흔해집니다. 이때 오늘날 레바논에 살았던 페니키아인들이 유리 장인으로 널리 알려지지요. 유리 용액에 산화물을 첨가해서 만드는 최초의 색유리 또한 이 시기에 등장합니다. 처음에 유리 용기는 '심지 성형법'이라는 방식으로 만들어졌습니다. 가열된 유리 타래를 진흙 심지에 감은 뒤에 지속적으로 열을 가해 녹여 가공하는 방식이지요. 이렇게 하면 불어서 만든 유리 용기와 달리 울퉁불퉁했지만, 그럼에도 아름다웠습니다. 사람들은 여러 가지 색깔의 가는 유리봉 타래로 용기의 겉면을 휘감아서 장식을 덧붙였습니다.

청동기시대 후기에는 여러 문명이 몰락하면서 유리 제조의 공백기가 이어졌습니다. 그러다 기원전 9세기에 유리 제조 기술이 부활했는데, 이때 무색 유리가 처음으로 만들어졌지요.

초기에 유리 제조법이 잘 알려지지 않은 이유 중 하나는 장인들이 제조법을 비밀로 유지했기 때문입니다. 장인들은 가족이나 길드 조직 안에서만 대를 이어 유리 제조법을 전했으며, 널리 공유하지 않았습니다. 이와 관련된 문서도 기호나 암호로 기록했을 것이 분명합니다. 최초로 알려진 유리 제조 설명서가 아시리아의 궁전에서 발견되었는데, 기원전 650년 무렵에 만들어진 평판입니다. 이 평판에 유리 제조법이 쐐기를 닮은 설형문자로 적혀 있지요.

　시간이 흘러 사람들은 드디어 유리를 입으로 불어 만드는 방법을 발견하게 되었습니다. 최초라고 알려진 사례는 서기 50년에 예루살렘에서 만들어졌습니다. 입으로 불어서 유리를 만들게 되면서 훨씬 더 정교하고 얇은 용기를 만들 수 있었을 뿐 아니라, 처음으로 판유리를 제작할 수 있게 되었습니다. 판유리를 만드는 과정은 이렇습니다. 유리를 공 모양으로 분 다음, 소시지 모양으로 형태를 만들고 양쪽 끝을 열어서 원통 형태를 만들었습니다. 그러고 나서 이것의 한쪽을 뜨겁게 달군 도구로 잘라낸 뒤, 남아 있는 판을 평평한 표면 위에 올리고 펜치로 잡아 늘이면 창문용 판유리가 만들어진답니다.

　유리 창문은 로마의 가정에서 신분의 상징이 되었습니다. 특히 로마제국 북부 지역에서 이런 경향이 더욱 뚜렷했지요. 추운 기후인데도 부유한 시민들의 저택에 창문이 설치되었다는 것은 유리의 이용에 커다란 진전이 있었다는 뜻입니다. 이후 수 세기 동안 유리창은 사치품으로 남아 있었답니다.

이동식 활자

Movable Type

처음 사용된 곳: 중국

시기: 9세기

독일의 금세공사 요하네스 구텐베르크 Johannes Gutenberg, 1397~1468 가 15세기에 활판인쇄술을 처음 발명했다고 알려져 있지만, 여기서 또다시 중국인들이 서양을 앞질렀습니다. 활판인쇄술은 이동식 활자를 먼저 만들고 그것을 조합하여 원하는 글을 찍어 내는 것입니다. 이동식 활자는 9세기 중국에서 처음으로 사용되었지만, 중국어의 특성 때문에 널리 쓰이지는 못했습니다. 한자 8만 자를 활자로 만들고 그것을 조합하여 활판을 짜는 것은 유럽의 언어들과 달리 효율적이지 않았으며, 시간을 절약하는 과정이라 할 수 없었지요.

한편 16세기에는 동아시아 지역에 서구의 활판 인쇄기가 소개되었습니다. 하지만 간편한 목판인쇄술이 더욱 인기 있었지요. 19세기 들어서면 이동식 활자는 중국과 한국에서도 널리 쓰이게 됩니다.

중국의 4대 발명품

나침반, 화약, 종이 제조법, 인쇄 기술

Four Great Inventions

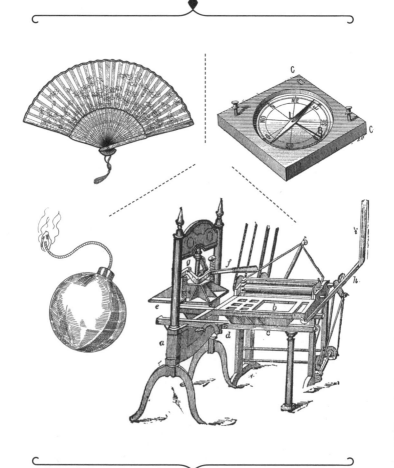

한때 유럽에서는 인류의 가장 중요한 발명품 네 가지, 곧 나침반, 화약, 종이 제조법, 인쇄 기술이 유럽에서 처음으로 발명되었다고 널리 믿었습니다. 그러나 1530년대 이후에 에스파냐와 포르투갈 선원들의 목격담이 퍼져 나가기 시작하면서, 사실 이 모든 발명품이 중국에서 이미 만들어졌음이 알려지게 되었습니다.

◆ 자석 나침반은 중국 한나라에서 처음으로 만들어졌습니다. 초창기 나침반은 점을 치는 신기한 장치로만 여겨졌지요. 길을 잃었을 때 방위를 찾아 주는 자석의 위력을 사람들이 언제 처음으로 깨달았는지는 알 수 없습니다. 다만 1040년 무렵 저술된 책에 '남쪽을 가리키는 물고기', 곧 지남어(指南魚, 물고기 모양의 얇은 철 조각: 옮긴이)가 소개되었는데, 이 지남어가 방향을 찾는 데 쓰였을 수도 있습니다. 11세기 말에 북송의 학자 심괄沈括, 1031~1095은 자침으로 방위를 지시하는 나침반에 대해 기술했습니다. 이때는 건식 나침반보다 물 위에 떠 있는 자석 장치(액체 나침반)가 더욱 흔하

게 쓰였습니다.

기원전 1000년 무렵, 남아메리카의 올메카문명에서
도 액체 나침반의 사용법을 알았을 가능성이 있습니
다. 그 증거로 자철석 유물이 제시되곤 합니다. 하지
만 이 자철석이 나침반을 구성하는 데 쓰였는지 확신
할 수는 없습니다.

◆ 서기 9세기 무렵 중국에서는 **화약 무기**가 발명되었
습니다. 처음에 중국의 연금술사들은 불로장생을 가
져다준다는 단약(丹藥, 신선이 만든다고 하는 장생불사의
영약: 옮긴이)을 만들다가 우연히 화약을 만들게 되었
지요. 흔히 초석(硝石)이라 일컫는 질산칼륨이 유황,
숯과 혼합되면서 인화성이 높은 신기한 물질이 만들
어진 겁니다. 연금술사들은 이것들을 원할 때만 폭발
시킬 수 있도록 안정적인 혼합 비율을 찾는 실험을
거듭했고, 드디어 화약을 만들 수 있었습니다. 화약
을 만드는 과정은 순탄치 않았을 겁니다. 어쩌면 그
과정에서 눈썹을 잃거나, 더욱 나쁜 일을 겪었을지
도 모릅니다. 하여간 9세기부터 화약은 화살 끝에 화
약을 부착한 발사 무기로 활용되었는데, 이는 적진을
불태우는 목적으로 쓰였습니다. 이 무기는 초기 형태
의 대포인 화포(火砲)와 더불어, 몽골과 맞붙은 전쟁
에서 엄청난 성과를 거두는 데 한몫했습니다. 곧 화

약은 이슬람 세계를 거쳐 유럽으로 전파되었습니다. 14세기 말에 이탈리아 기술공들이 처음으로 화약을 휴대용 총에 장착했지요.

◆ 종이는 서기 105년 무렵 중국의 환관 채륜蔡倫, ?~121이 발명했다고 알려져 있습니다. 그는 뽕나무껍질, 고기잡이 그물, 삼베 등 각종 섬유질을 혼합하여 평평한 종이를 만들었지요. 하지만 최근 발견된 고고학 증거에 따르면, 그보다 100년 전쯤부터 이미 종이가 제작되었다는 사실이 밝혀졌습니다. 종이는 처음에 포장지나 충전재 정도로 쓰이다가, 이후 다양하게 쓰이기 시작합니다. 3세기 무렵 필기 용지가, 6세기에 화장지가, 7세기 무렵 티백이 발명되었지요. 송나라(960~1279년)에서는 처음으로 종이 화폐가 발행됐고요.

◆ 인쇄 기술은 당나라(618~907년) 말기에 고안되었습니다. 제작 시기가 확인되는 최초의 책은 868년에 인쇄된 『금강경(金剛經)』입니다. 목판 인쇄 기술은 이보다 한 세기 전에 개발되었을 가능성이 큽니다.

이것들이 바로 중국의 4대 발명입니다. 이는 오늘날 중국의 자부심으로 여겨집니다. 중국 문명이 르네상스 시대 이전의 서구보다 몇 세기 앞서 발전했음을 보여 주는 상징이기 때문입니다.

풍차

Windmill

풍차가 널리 쓰이기 시작한 곳: 페르시아

시기: 서기 10세기

풍차에 대해 알아보기 전에, 먼저 수차(watermill)의 역사를
간단히 훑겠습니다. 수차는 기원전 3세기 무렵부터 그리스,
중국, 스칸디나비아, 로마제국을 비롯해 세계 전역에서 곡식
을 빻는 데 쓰였습니다. 프랑스 남부 바르베갈(Barbégal) 지역
에는 수차 열여섯 대가 나란히 연결된 웅장한 고대 로마의
수차 공장이 위용을 과시하고 있었습니다. 이 수차 공장에서
30마력(약 22.5킬로와트: 옮긴이)을 웃도는 풍력을 만들어 낼
수 있었지요. 그 정도 풍력이면 하루에 곡물을 27톤쯤 제분
할 수 있을 정도였습니다. 1만 명 넘는 사람이 먹을 수 있는
곡식을 이곳에서 제분할 수 있었다는 뜻입니다. 로마 기술자
들이 풍력을 쓰기 위해 고민하지 않았던 이유는, 이미 수차
공장을 통해 원하는 만큼의 힘을 얻을 수 있었기 때문인지도
모릅니다.

이후 기원전 1세기 정도부터 풍차(wind-wheel)가 쓰이기
시작합니다. 알렉산드리아의 헤론은 풍차를 이용해서 기계
에 동력을 공급했습니다. 그런가 하면 서기 4세기 무렵부
터 동아시아에서는 바람을 받으면 돌아가는 '마니차'가 쓰
였지요. 그러다가 오랜 시간이 흘러 서기 1000년 말이 되어

서야 풍차가 널리 쓰이기 시작합니다. 마니차의 원리가 바람이 매우 강한 페르시아의 방앗간에 적용되어서, 사람들이 실생활에서 풍차를 사용하게 된 것이지요. 10세기의 기록에 따르면, 7세기 통치자인 2대 *칼리프 우마르 1세가 풍차를 건설했다고 나와 있습니다. 하지만 좀 더 확실한 기록은 이스타크리라는 페르시아 작가가 10세기에 남긴 글에서 찾을 수 있습니다. 이스타크리는 돗자리나 옷감으로 만들어진 6~12개의 날개가 달린 풍차가 수직축 주위를 회전하는 광경을 묘사하는 글을 남겼습니다. 풍차가 들어선 건물의 한쪽 벽면 일부를 열어 두어서 바람을 끌어들였습니다. 이 건물은 오늘날의 회전문과 상당히 비슷해 보입니다. 이렇게 축이 바람 방향과 수직을 이루는 파네몬(panemone)형 풍차는 이후 수십 년 동안 중동을 비롯해 인도와 중국으로 전파되었지요.

한편 오늘날 우리에게 더 친숙한 유형인 수평축형 풍차, 그러니까 축이 바람의 방향에 자리 잡은 풍차에 대한 기록은 12세기 유럽 문헌에 처음으로 등장합니다. 이 유형의 풍차는 벨기에 플랑드르 지역에서 먼저 발전하지만, 가장 명확한 언급은 1185년 영국 요크셔 월즈(Wolds) 지역의 험버강 어귀에 인접한 '위들리 마을'의 풍차를 묘사한 구절에 나와 있

---

* 정치와 종교의 권력을 아울러 갖는 이슬람 교단의 지배자를 이르는 말

습니다. 안타깝게도 이 마을은 현재 사라지고 없습니다.

이란(이전의 페르시아)에 있는 세계에서 가장 오래된 풍차. 황토와 짚풀로
만든 높은 벽 사이에 설치된 나무 날개가 수직축 둘레를 회전한다.

잠수 장비

Underwater Diving Equipment

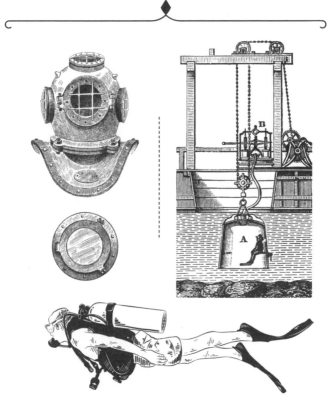

최초의 기록이 발견된 곳: 고대 그리스

시기: 기원전 4세기

아주 오래전부터 인류는 바다 아래로 깊이 내려가서 탐험하는 꿈을 꾸었습니다. 물론 호흡 장비가 없다면 심해에 오래 머물기란 불가능합니다. 중세 시대 모험담에 따르면, 알렉산드로스대왕은 유리 잠수종(다이빙 벨)을 타고 일렁이는 바다 아래로 내려가서 해저를 돌아다녔다지요. 거기에서 물고기들의 왕과 만났다는 전설 같은 이야기도 전해집니다.

공교롭게도 잠수용 호흡 장비를 처음으로 언급한 사람은 아리스토텔레스^{Aristotles, 기원전 384~322}였습니다. 알다시피 아리스토텔레스는 알렉산드로스대왕의 스승이었을 뿐 아니라 과학과 철학에 지대한 공헌을 했다고 알려진 학자지요. 그는 "잠수부들이 때때로 호흡 장비를 통해 물 위의 공기를 끌어 쓰듯이, 코끼리 또한 태어날 때부터 긴 코를 갖추고 있다"라는 내용의 글을 남겼습니다.

11세기에 접어들면 더 정교해진 장비가 사용되었다는 기록들이 있습니다. 이를테면 아라비아만에서 진주조개를 캐던 잠수부들은 흉부 둘레에 공기로 가득 채운 가죽 후드를 동여맸습니다. 오래 잠수하는 동안 공기를 자급자족하기 위해서였지요.

제
3
전
시
실

- 미
스
터
리
한

것
들 -

나노 기술

Nano-technology

- - - - - - - - - - - - - - - - - - - -

처음 발명된 곳: 다마스쿠스(오늘날 시리아)

시기: 서기 300년

혹시 우리들이 먼 조상들보다 훨씬 똑똑하고 기술적으로 앞서다고 생각하진 않나요? 하지만 몇몇 고대 기술은 현대인들이 분석할 수 없는 수준에 이르렀답니다. 아직도 우리가 완벽하게 복원하지 못하는 고대 기술들이 많지요. 예를 들면, 몇몇 유물은 나노 기술(Nano-technology)에 바탕을 두고 있답니다!

이 유물들을 제작했던 옛사람들이 나노 기술과 관련된 과학 지식을 알았을 리 없습니다. 다만 시행착오를 거듭하다가 우연히 가공해 냈을 뿐이지요. 그럼에도 불구하고 그들은 기술을 발전시켜서, 너무 작아서 잘 보이지 않는 입자(나노 복합 소재)를 바탕으로 한 최종 결과물을 만들어 냈습니다. 오늘날 우리는 고배율 현미경으로 이 유물들을 분석해서 그것들의 분자 구조를 알아낼 수는 있습니다. 하지만 여전히 그것이 어떻게 만들어졌는지 그 과정을 밝히지 못할뿐더러 완벽히 복원하지도 못하고 있지요.

다마스쿠스 강철

Damascus Steel

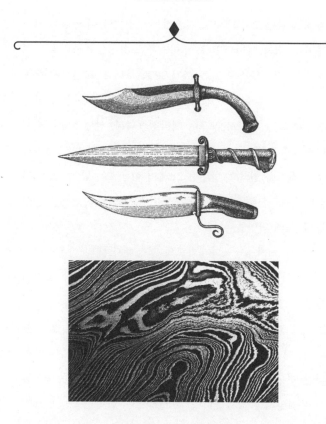

처음 만들어진 곳: 중동 지역

시기: 서기 300년

앞에서 말한 고대의 나노 기술에는 어떤 것들이 있는지 알아봅니다. 그중 하나가 바로 다마스쿠스 강철(Damascus Steel)이에요. 다마스쿠스 강철은 서기 300년부터 1700년까지 중동 지역에서 만들어졌지요. 이 강철로 만든 무기는 놀랄 만큼 단단하고 잘 깨지지 않으며 예리했습니다. 산업혁명 이전에 다마스쿠스 강철에 견줄 만한 것은 없을 정도였지요. 다마스쿠스 강철을 만드는 방법은 18세기 이후로는 알 수 없게 되었어요. 최근에야 과학자들이 현미경으로 금속 견본을 분석할 수 있게 되었습니다.

독일 드레스덴공과대학교의 결정학자 페터 파우플러는 그 강철에 탄소 나노튜브(carbon nanotube)라는 미세 조직이 있음을 밝혀냈습니다. 탄소 나노튜브란 초미세 물질로서, 탄소가 결합된 대롱 형태의 튜브 구조를 가진 물질을 말합니다. 이것이 금속의 표면까지 연장되는 것인데요. 파우플러는 연구를 통해 강철에 극미량 들어 있던 수많은 물질들이 무엇인지 밝혀냈습니다. 이 물질들이 화학반응을 일으키면서 나노튜브가 형성되었을 것으로 추정됩니다. 여기에는 태너카시아 나무껍질·식물 아스클레피아스·망간·니켈·코

발트·그 외 미확인 성분 몇 가지가 포함되어 있습니다.

그런데 문제는 핵심 재료가 무엇인지 알 수 없다는 것입니다. 파우플러의 연구를 통해 다마스쿠스 강철의 제조 공정이 꽤 많이 알려졌다고 해도, 앞으로도 우리는 다마스쿠스 강철의 비밀을 완벽히 풀지 못할지도 모릅니다.

다마스쿠스 강철이 어떻게 생겼는지 궁금하다고요? 인터넷에서 '다마스쿠스 강철'이라고 검색했을 때 나오는 이미지는 십중팔구 이 상표로 팔리고 있는 검일 거예요. 가장 좋은 방법은 진짜 다마스쿠스 강철 검이나 무기라고 인정받은 박물관의 이미지들을 참고하는 것입니다.

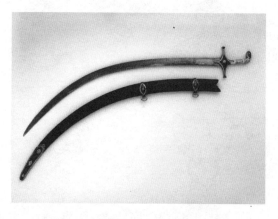

다마스쿠스 강철로 만든 무기들은
믿기지 않을 만큼 단단하고 예리했다.

리쿠르고스 술잔

Lycurgus Cup

만들어진 곳: 로마
시기: 서기 400년

고대 로마의 걸작인 리쿠르고스 술잔은 서기 400년 무렵 만들어졌습니다. 이 유리 술잔은 신화 속 왕 리쿠르고스의 형상을 나타낸 금속 그물로 장식되어 있지요.

그런데 이 유리잔은 매우 특별합니다. 빛의 각도에 따라 색이 달리 보이는 성질을 갖고 있거든요. 뒤쪽에서 빛을 비추면 빨간색이 되고, 앞쪽에서 비추면 초록색으로 변합니다. 이렇게 다양한 색을 표현하는 로마 시대 유리 파편이 몇 개 더 있지만, 리쿠르고스는 제 형태를 오롯이 간직하고 있다는 점에서 유일하지요.

오늘날의 기술로 리쿠르고스 술잔을 만들 수 있을까요? 유리에 엄청나게 얇은 금속이나 산화물 막을 켜켜이 쌓아서 비슷한 효과를 낼 수는 있습니다. 그러나 오랫동안 리쿠르고스 술잔을 만드는 데 쓰였던 가공법은 미스터리로 남았지요. 최근에 한 연구자가 유리 파편 몇 개를 고배율 현미경으로 살펴보았습니다. 그 결과 유리 안에 떠 있던 극소량의 금과 은의 나노입자(nano-particle)가 빛의 각도에 따라 색이 달리 보이는 효과를 낸다는 사실이 밝혀졌습니다. 하지만 고대 로마의 기능공들이 어떻게 이런 효과를 냈는지 알 도리는 없습니다. 특히 금과 은 입자를 어떻게 유리 용액에 골고루 분산할 수 있었는지는 정말 미스터리입니다. 그 효과를 복원할 수는 없지만, 어쨌든 우리는 대영박물관에 가서 이 유리잔의 아름다움에 감탄할 수 있어서 다행입니다. 리쿠르고스 술잔은 워낙 인기가 많아 다른 박물관에서도 자주 찾는다는군요.

서기 400년경에 만들어진 이 유리잔은 2색성을 갖고 있다.
빛의 각도에 따라 다른 색깔로 반짝거린다는 뜻이다.

마야 블루

Maya Blue

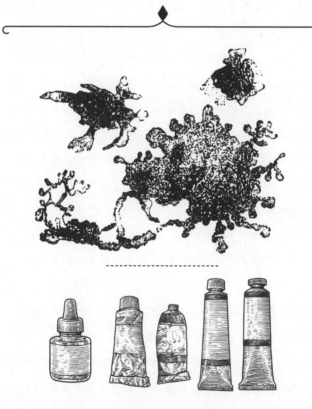

만들어진 곳: 치첸 이트사(오늘날의 멕시코 메리다)

시기: 서기 800년

크리스토퍼 콜럼버스Christopher Columbus, 1451~1506가 아메리카 대륙을 발견하기 이전, 고대 마야의 도시 치첸 이트사(Chichen Itza)에서는 또 다른 역사적 발견이 이루어집니다. 바로 '마야 블루'라고 불리는 푸른색 염료가 개발된 것입니다. 이 염료는 대략 서기 800년에 생산되었는데, 부식을 막는 기능이 매우 탁월했습니다. 오늘날 이 염료의 분자 분석에 따르면, 여기 포함된 점토가 나노 구멍(nanopore) 및 인디고 염료와 화학적으로 결합하면서 내구성이 강한 안료가 만들어진다는 사실이 밝혀졌습니다.

과학자들은 마야 블루의 효과를 작동시키는 원리를 활용하여 방수성과 내구성이 좋은 새로운 안료를 만드는 방법을 연구하고 있습니다. 예를 들어, 이탈리아 토리노대학교에서는 마야 블루와 동일한 방법을 이용해 친환경적이면서 부식에 강한 여러 색의 페인트를 만들어 내는 연구를 하고 있지요. 한편 프랑스 국립과학연구센터(CNRS)는 유기 색소를 붙잡아 둘 수 있는 나노 구멍을 가진 물질들을 광범위하게 탐구하는 중입니다.

마야 블루를 통해 우리는 현재의 나노 기술을 바탕으로

하여 고대인의 기술을 새롭고 창의적인 방향으로 바라볼 수 있습니다. 물론 이 놀라운 인공물의 개발자들이 스스로 '나노 복합 소재'를 만들었다고 말하지는 않았을 것입니다. 하지만 이들이 나노 기술을 통해 만든 유물들은 우리에게 생각할 거리를 끊임없이 던져 주고 있답니다.

바그다드 배터리

Baghdad Battery

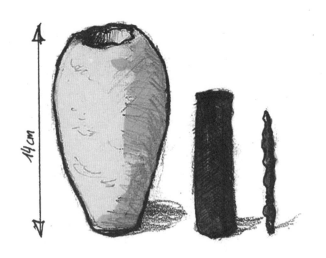

만들어진 곳: 사산왕조(오늘날의 이라크)

시기: 기원전 3~6세기

2003년 발발한 이라크 전쟁 때 사라진 것 중 하나가 바로 바그다드 배터리(Baghdad Battery)입니다. 바그다드 배터리는 '파르티아 배터리'라고도 알려진 신비로운 고대 유물이에요. 원래 이 배터리는 바그다드에 위치한 국립박물관에 있었어요. 그런데 이라크 전쟁 때 포화 속 혼란을 틈타 도난당하고 만 것이지요.

보고에 따르면 바그다드 배터리는 1930년대 바그다드 근교 쿠주트 라부(Khujut Rabu)라는 마을에서 발견되었다고 합니다. 당시 고고학자들은 높이가 14센티미터인 작은 테라코타 항아리를 발견했는데 이것이 바로 '바그다드 배터리'입니다. 사산왕조 시기의 유물로 짐작되지요. 이 항아리 안쪽에는 원통형 구리판이 있고, 그 안에는 철심이 꽂혀 있었어요. 이것을 시작으로 비슷한 유물 열두 개가 발견되었습니다. 출토품들의 안쪽을 살펴보면 모두 표면이 부식된 흔적이 보여요. 이를 통해 여기에 산성 물질이 들어 있었다는 사실을 알 수 있답니다.

빌헬름 쾨니히라는 독일의 고고학자가 이것이 고대의 전지라는 기발한 가설을 내놓았습니다. 식초나 신 과일즙이

전해액 역할을 하면서, 구리판과 철심에서 흘러나온 전하가 항아리 뚜껑 밖으로 흘렀을 것이라는 근거에서였지요. 쾨니히는 또한 사산왕조 사람들이 이 전류를 활용하여 도금을 하는 법을 알았을 수도 있다고 추측했어요. 마침 바그다드 박물관에는 그의 가설을 뒷받침하는, 매우 얇게 도금한 다양한 유물들이 있었지요.

물론 고대 문명이 전기를 발생시키는 법을 알았다고 해서, 사람들이 전기 배터리와 관련된 가공 과정을 완벽하게 이해했다고 볼 수는 없습니다. 당시 방식으로 전기를 발생시켰다 한들 전기가 아주 빨리 떨어졌을 것이 분명합니다. 그럼에도 불구하고 이런 종류의 장치가 진짜로 소량의 전기를 발생시킬 수 있었다는 사실은 대단히 흥미롭습니다.

그런데 여러 전문가들은 이 고대 전지가 도금을 하는 데 쓰였다는 쾨니히의 주장을 반박했습니다. 바그다드 박물관에 있는 유물들은 당시 알려져 있던, 전기를 활용하지 않는 도금 기법으로도 쉽게 만들 수 있었다는 점을 지적했지요. 전지를 직렬로 연결해야 도금에 필요한 높은 전류를 생산할 수 있었을 텐데, 직렬연결을 했다는 증거가 전혀 없다는 점도 반박에 힘을 실었지요. 한편 이 전지에서 나오는 가벼운 전류가 몸을 치료하는 데 쓰였을 것이라는 다른 의견도 있어요. 예를 들어, 발바닥에 약한 전기를 흘려서 병을 치료하는 전기 요법 같은 것 말이에요.

어떻게 설명하든지 이 전지는 고대 문명이 우리의 상상보다 훨씬 정교한 기술을 갖고 있었음을 보여 주는 증거입니다. 이 유물을 지키지 못하여 이제는 연구조차 할 수 없게되다니, 참으로 부끄러운 일입니다.

바그다드 배터리를 재현한 모습

깨지지 않는 유리

Unbreakable Glass

최초의 이야기가 전해지는 곳: 로마

시기: 서기 1세기

고대 로마인들이 강화유리가 만들어지기 훨씬 전에 깨지지 않는 유리를 발명했다는 이야기가 전해집니다. 출처가 조금 의심스럽기는 하지만 말입니다.

이야기는 로마제국의 티베리우스 황제^{Tiberius Caesar, 기원전 42~서기 37}가 재위하던 시절을 배경으로 합니다. 티베리우스 황제에 대한 평가는 극과 극으로 나뉩니다. 전쟁에서 혁혁한 공을 세우기도 했지만 개인의 삶으로 보면 다소 우울한 은둔자로 기억되지요.

하여간 어느 날, 당시 저명한 발명가가 황제를 은밀히 찾더니 놀라운 발견을 했다고 아뢰었습니다. 그는 어떤 상황에서도 깨지지 않는 유리를 만드는 비법을 알아냈다고 장담했지요. 티베리우스 황제는 이 방에 있는 둘 말고 누가 또 그 비밀을 아는지 물었고, 발명가는 황제에게 처음 전하는 소식이라고 답했습니다. 그 말을 듣고 황제가 어떻게 했을까요?

황제는 호위병들을 안으로 불러들여, 이 불쌍한 발명가를 끌어내서 목을 치라고 명령했습니다. 티베리우스는 역사 속에서 모든 유리 제조자들을 망하게 만든 황제로 기억되고 싶지 않았어요. 그래서 그만 이 같은 우를 범했던 것입니다.

콘크리트
Concrete

처음 사용된 곳: 로마

시기: 기원전 1세기

누가 "로마인이 우리에게 남긴 것이 무엇인가?"라고 묻는다면, 이렇게 말할 수 있을 것 같습니다. "더욱 뛰어난 콘크리트 제조법을 가르쳐 주었습니다." 오랫동안 로마 콘크리트는 내구성의 상징으로 회자되어 왔습니다. 제방이나 방파제, 교각 아래의 수중에 쓰여서 오랜 세월을 견뎌 냈지요. 예를 들어, 기원전 1세기 말에 건설된 이스라엘의 카이사레아(Caesarea) 항구는 단단한 콘크리트로 만들어져서, 수 세기 동안 끄떡없이 제 형태를 잘 유지했답니다.

그런데 최근까지도 로마 콘크리트가 어떻게 만들어졌는지는 미스터리로 남아 있었어요. 로마인들이 자신들의 콘크리트 구조물에 남다른 자부심을 가지고 있었다는 것은 유명합니다. 1세기에 로마의 고관 대(大)플리니우스[Plinius, 23~79]는 그것을 두고 "파도가 쳐도 끄떡없고 매일 더 단단해진다."라며 자랑스러운 글을 남겼지요.

로마 콘크리트의 주요 성분에 대해서는 기원전 1세기에 로마 시대 건축가 비트루비우스가 글을 남긴 바 있습니다. 골조용 모르타르에는 포촐라나(이탈리아 포추올리 지역의 갈색 기가 도는 화산 모래, 또는 나폴리 근처 해안가의 적갈색 모래)를 사용하라고 지시했지요. 포촐라나와 석회는 3 대 1의 비율로 혼합해야 한다고도 덧붙였어요.

하지만 이러한 설명으로는 로마의 콘크리트가 놀라운 내구성을 갖는 이유를 다 설명할 수 없습니다. 미국의 지질학자 마리 잭슨을 비롯한 여러 학자들은 2002년부터 로마의 콘크리트에 대해 관심을 갖고 연구를 함께 진행했는데요. 로마 교각과 항구에서 떼어 낸 콘크리트 견본을 분석해 보았지요. 이때 콘크리트의 비밀이 알루미늄 토베르모라이트(칼슘과 규소가 들어 있는 희귀 광물: 옮긴이)라는 결정에 있음을 알게 됩니다. 잭슨 교수는 이 광물을 보고 깜짝 놀랐습니다. 오늘날 실험실에서 이 광물을 만들기도 무척 어려웠기 때문입니다. 하물며 고대 로마인들이 이에 대한 제조법을 갖고 있었을 리 만무했겠지요.

그들은 연구 끝에 석회와 화산재가 바닷물에 닿아 열이 발생하면서, 콘크리트 안에 알루미늄 토베르모라이트 결정이 형성되었다는 사실을 확인했습니다. 또한 연구 팀은 토베르모라이트가 콘크리트 내부에서 또 다른 결정인 '필립사이트'와 함께 자라난다는 사실을 알아냈습니다. 그러니까 바닷물이 콘크리트 안으로 스며들어 화산재 성분과 화학적 반응을 일으키면서 새로운 희귀 광물로 바뀌게 되었다는 것이지요. 그리하여 토베르모라이트와 필립사이트 결정이 틈을 메우면서 구조물의 강도가 더욱 높아졌다고 설명했습니다.

자, 어떤가요? 설명이 좀 어렵지만, 결론을 말하자면 '오늘날에도 로마에 배울 것이 있다.' 정도가 될 것 같습니다. 우리가 로마의 콘크리트에서 일어난 화학적 결합을 배워서 미래의 해저 콘크리트 구조물에 적용해 보는 건 어떨까요? 그럼 고대 로마인처럼 놀라울 정도로 오래가는 구조물을 만들 수 있을지도 모릅니다.

이스라엘의 카이사레아는 기원전 1세기 헤롯 왕이 재건한 도시이다.
오늘날에도 당시 지어진 콘크리트 구조물을 볼 수 있다.

님루드 렌즈

Nimrud Lens

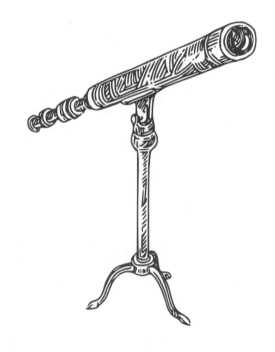

발견된 곳: 오늘날의 이라크
시기: 기원전 750년 무렵

기원전 2000~600년 무렵까지 지속된 고대 아시리아문명에서, 사람들은 놀라울 정도로 뛰어난 천문학 지식을 갖고 있었습니다. 특히 이들은 토성을 뱀들의 고리로 둘러싸인 신으로 묘사했는데요. 이를 두고 일부 학자들은 아시리아인들이 토성의 고리를 관찰했을지도 모른다고 추측했습니다. 정말 망원경 없이 토성을 관찰할 수 있다고요? 망원경은 17세기 들어서야 발명되었는데 말입니다.

우리는 '님루드 렌즈'를 통해 이 미스터리를 풀 수 있을 듯합니다. 투명한 수정 조각인 이 렌즈는, 오늘날 이라크에 있었던 님루드의 아시리아왕궁에서 존 레이어드 경에 의해 발견되었습니다. 기원전 8세기 무렵의 일로 짐작됩니다. 자, 렌즈를 살펴볼까요? 타원형인 이 렌즈의 표면은 누가 의도적으로 간 듯 매우 평평합니다. 그 결과 초점이 명확하지는 않지만 원래 크기보다 물체를 3배 가까이 확대하여 볼 수 있는 일종의 렌즈가 만들어졌습니다.

다른 고대 렌즈와 마찬가지로 님루드 렌즈 역시 일반적인 장신구로 쓰였을 가능성이 있습니다. 물론 불을 피우는 태양 렌즈나 초점거리가 짧은 확대경으로 사용되었을 수도 있지요. 님루드 렌즈의 쓰임에 관해 존 레이어드 경은 이 유리가 아시리아 장인들이 섬세한 조각을 할 때 사용되었을 수도 있다는 의견을 내놓았습니다. 님루드 렌즈가 다른 유물들과 함께 발견되었다는 것이 그 근거였지요. 이와 달리 이탈리아의 과학자 지오반니 페티나토[Giovanni Pettinato, 1934~2011]는 님루드 렌즈가 다른 렌즈와 순서대로 합쳐져 망원경으로 쓰였을 수도 있다고 주장했습니다. 다소 초점이 맞지 않을지라도 아시리아인이 태양계와 천체에 대한 정보를 얻기에는 충분했다는 것이지요. 그는 이 과정에서 사람들이 토성이 고리에 둘러싸여 있다는 정보를 알아냈을 가능성이 있다고 생각했습니다. 물론 많은 역사가들이 이 과학자의 획기적인 가설에 반대표를 던지고 있지만요.

지금까지 꽤 많은 수량의 고대 렌즈가 출토되었습니다. 그중 가장 오래된 것은 기원전 2500년의 고대 이집트 렌즈와 기원전 1500년의 크레타 크노소스 렌즈입니다. 대부분의 학자들이 렌즈 유물은 예전에 진기한 장난감이나 가정용 도구로 쓰였을 것이라고 짐작합니다. 그것들을 일직선으로 배열하여 렌즈로 활용하는 방법은 몰랐을 것이라는 데에 관해서는 의견이 일치하지요.

하지만 정말 그럴지는 아무도 모릅니다. 이 책에서도 볼 수 있듯 선조들의 놀라운 발견은 넘쳐 납니다. 우리는 때때로 선조의 역량을 과소평가하는 경향이 있습니다. 아시리아 사람들이 수천 년 전에 망원경을 이용하여 하늘을 관찰할 가능성이 전혀 없다고 단정할 수는 없는 것이지요.

기원전 8세기 무렵에 만들어진 님루드 렌즈(런던 대영박물관 소장)

선 스톤

Sun Stone

처음 사용됐다고 추정되는 곳: 아이슬란드

시기: 알 수 없음

아이슬란드의 옛 문헌들에는 '항해용 돌' 선 스톤(Sun stone) 에 대한 아주 다양한 내용이 적혀 있습니다. 선 스톤이라는 놀라운 돌이 태양의 위치와 방향을 마법처럼 알려 주었다는 것입니다. 구름이 잔뜩 낀 날이나 지평선 너머로 해가 진 이후에도 선 스톤을 이용해 길을 찾을 수 있었다고 합니다. 예를 들어, 바이킹의 왕 올라프가 신하 시구르에게 눈이 오는 날에 태양의 위치를 묻는 내용이 아이슬란드 서사시에 담겨 있습니다. 왕의 물음에 시구르는 망설임 없이 대답하지요. 문헌에는 이렇게 적혀 있습니다.

"그러자 왕께서 태양 돌을 가져오게 한 뒤, 그것을 들어올려 돌의 어디서 빛이 퍼져 나가는지를 보았다. 곧바로 시구르의 예측이 맞았음을 확인했다."

이 구절을 보면 바이킹들이 항해할 때 길을 찾기 위해 선 스톤을 이용했을 것이라 짐작됩니다. 특히 짙은 안개와 구름이 자주 끼는 북유럽의 바다에서 매우 유용하게 쓰였을 것입니다. 바이킹은 크리스토퍼 콜럼버스보다 수 세기 전에 그린란드와 북아메리카 연안으로 가는 바닷길을 개척한 탁월한 항해자들이었으니까요. 하지만 사람들은 올라프의 무용담과 더불어 이런 돌이 진짜로 존재했다고 믿지 않았습니다. 학자들 대부분은 선 스톤 이야기를 전설일 뿐이라고 일축했습니다. 적어도 최근까지는 그랬지요.

그런데 얼마 전, 영국령 채널제도의 올더니섬 부근에서 엘리자베스 시대의 난파선이 발견되었습니다. 16세기에 가라앉은 이 배 안에서 반투명한 방해석(아이슬란드 스파) 덩어리가 나왔지요. 크기가 오락용 카드 팩만 한 이 방해석은 다른 항해 장비들 옆에 놓여 있었습니다. 튜더왕조(15세기 후반부터 17세기 초반까지 영국 절대 군주제의 최전성기를 이룬 왕조: 옮긴이) 시대의 선원들은 수 세기 전 영국을 침입한 바이킹에게 여러 항해 기술을 배웠습니다. 이때 선 스톤을 항해에 이용하는 방법을 배워서 계속 활용했을 수도 있다는 가능성이 제기되었지요. 선 스톤이 진짜일 수 있다는 과학자들의 추측에도 힘이 실렸습니다.

그렇다면 바이킹들은 선 스톤으로 어떻게 나침반도 없이 흐린 날 태양의 위치를 알 수 있었을까요? 덴마크의 고고학자 토르킬드 람스코의 가설은 이렇습니다. 그는 선 스톤이 방해석이나 근청석으로 만들어졌다고 주장합니다. 이 광물들이 지닌 '편광', 그러니까 자연광을 특정 방향으로만 진동하는 빛으로 바꾸는 특성을 이용해서 바이킹들이 흐린 날 바다에서도 해의 위치를 찾아낼 수 있었다는 것입니다.

최근 기 로파르 연구진은 이 가설을 바탕으로 하여 방해석으로 태양의 위치를 찾는 실험을 한층 발전시킵니다. 방해석은 '이중굴절 현상'이 나타나는, 그러니까 빛이 닿으면 서로 방향이 다른 두 개의 굴절광으로 갈라지는 특별한 광물입니다. 예컨대, 방해석 윗면에 까만 점을 그린 뒤 그것을 아래쪽에서 바라보면 점 두 개가 보입니다. 이것을 하늘에 대고 돌리다 보면 이 두 점의 밝기가 똑같아지는 지점이 나타납니다. 이때 윗면의 기울기가 태양의 방향을 알려 준다는 것입니다.

이 결과를 토대로 여러 과학자들이 선 스톤에 대한 실험을 시도했으나 아직 성공하지 못했다고 합니다. 하지만 튜더왕조 시대의 난파선에서 발견된 방해석과 더불어, 기 로파르 연구진의 실험 결과는 선 스톤이 전설이 아닌 현실일 수도 있다는 가능성을 보여 줍니다. 놀라운 고대 기술 중 하나를 그 후손들이 지켜 내지 못했다니 안타까운 일입니다.

안티키테라 기계장치

Antikythera Mechanism

처음 만들어진 곳: 그리스

시기: 기원전 2세기

안티키테라섬은 크레타섬과 그리스 본토 사이에 위치한 섬입니다. (여기서 '키테라'는 '인접한 큰 섬'을 가리키는 말입니다. '안티키테라'라고 하면 '키테라의 맞은편'이라는 뜻이 되지요.) 그런데 1900년경, 그리스 잠수부가 이 섬 앞바다에서 난파선 한 척을 발견합니다. 이 난파선은 기원전 1세기에 만들어진 로마 선박으로 짐작되는데요. 여기서 기원전 4세기까지 거슬러 올라가는 진기한 물품들이 쏟아져 나왔습니다. 왜 이 배는 이렇게 귀한 물건들을 많이 실었던 걸까요? 아마도 이 배는 기원전 87~86년에 아테네에서 약탈한 전리품을 옮기는 데 쓰였을 가능성이 있습니다. 아니면 그 유명한 율리우스 카이사르 Gaius Julius Caesar, 기원전 100~44에게 바칠 물건을 로마에서 잔뜩 싣고 돌아오던 배일 수도 있지요.

그런데 난파선에 건져 올린 물건들 중 하나가 수십 년 동안 역사가들을 당혹스럽게 했습니다. 그건 바로 '안티키테라 기계장치'였지요. 이것은 신발 상자 정도 크기의 망가진 나무 상자 안에 들어 있었는데, 내부를 보니 톱니바퀴 30개와 레버가 복잡하고 정교하게 맞물려 있었어요. 유명한 물리학자 리처드 파인만 Richard Feynman, 1918~1988은 안티키테라 기계장치를 보고 이렇게 적었습니다.

"아주 남다르고 기이해서 비현실처럼 느껴지는 … 오늘날 자명용 태엽시계의 내부와 아주 닮아 있다."

이 기계장치는 고고학자들을 혼란에 빠뜨리고는 한동안 방치되었습니다. 그러다가 1951년에 과학사학자인 데렉 드 솔라 프라이스가 다시 안티키테라 기계장치를 연구하기 시작했지만, 그는 그 장치를 완벽히 이해하지 못한 채 세상을 떠나고 말았어요. 그런데 비슷한 시기에 학자들이 로마 정치가 키케로[Cicero, 기원전 106~43]의 글에서 안티키테라 기계장치의 비밀을 풀 실마리를 찾았습니다. 키케로는 '아르키메데스의 구'로 알려진 플라네타륨(planetarium)이라는 기계가 태양계 천체들의 움직임과 위치를 알려 주었다는 내용의 글을 남겼습니다. 기계의 표면에 코이네 그리스어(기원전 4세기 후반에 이루어진 그리스의 공통어: 옮긴이)로 적힌 글자가 이 가설을 뒷받침하는 듯합니다. 원판과 고리에도 그리스어로 별자리와 역일이 새겨져 있습니다.

지난 수십 년 동안 학자들은 이 글자들을 해독하기 위해 노력했습니다. 그 결과 이 기계장치가 태양과 달, 금성 등 천체들의 움직임은 물론이고, 일식을 예고하는 기구임이 밝혀졌습니다. 이 기계는 지구를 도는 달의 궤도를 고려해 공전주기를 정확히 계산해 낼 수 있었다고 합니다. 그리하여 '인류 최초의 컴퓨터'라고 불리기도 합니다.

이 기계를 누가 소유했고 발명했는지 그 수수께끼는 아직 풀리지 않고 있습니다. 이와 관련해 기원전 2세기의 천문학자이자 수학자인 히파르코스Hipparchos, 기원전 190?~120?가 발명했다는 주장이 있기는 합니다. 히파르코스는 삼각함수표를 만들고, 지구에서 달까지의 거리를 정확히 계산해 낸 학자로도 유명합니다. 키케로에 따르면, 히파르코스의 제자 포세이도니오스Poseidonios, 기원전 135?~51?가 로도스섬에 행성 관측기를 세웠다고 합니다. 이 두 사람이 공동으로 안티키테라를 설계했다는 뜻일 수도 있습니다.

안티키테라 기계장치를 복원한 모형

제
4
전
시
실

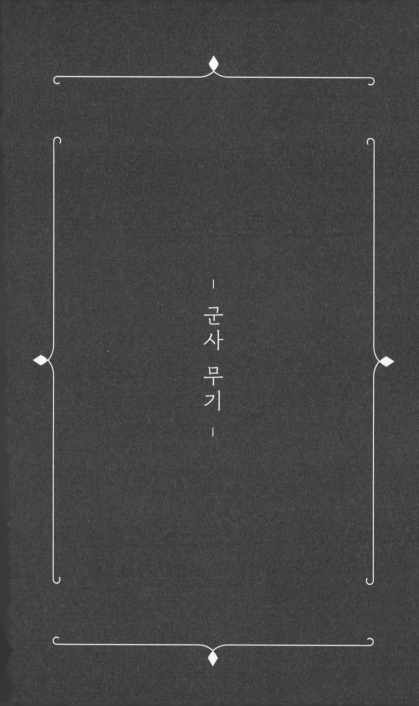

- 군사 무기 -

광선 무기

Heat Ray

처음 발명된 곳: 고대 그리스의 시라쿠사

시기: 기원전 214~212년

박학다식하기로 유명한 아르키메데스는 고대 그리스의 뛰어난 철학자이자 과학자였습니다. 그는 지렛대 원리를 밝혀 냈을 뿐 아니라, 탁월한 기계와 여러 장치들을 만들기도 했지요. 앞서 설명했던 아르키메데스 스크루와 최초의 복합 도르래 장치도 모두 아르키메데스가 고안한 장치였습니다.

아르키메데스는 군사 장비를 만들기도 했는데요. 그는 로마군의 공격으로부터 자기 고향 시라쿠사를 지키기 위해 돌을 던지는 투석기를 비롯한 전쟁 무기들을 만들었습니다. 그중 하나가 바로 아르키메데스 갈고리입니다. 이는 금속 갈고리가 부착된 어마어마하게 큰 거중기였습니다. 이것을 바다 쪽으로 세게 밀면 갈고리가 적의 전함에 걸리면서, 그 전함을 번쩍 들어 올려 뒤집어서 부수었다고 합니다. 2005년 영국 다큐멘터리 〈고대 세계의 초강력 무기들(Superweapons of the Ancient World)〉에서는 전문가들이 모여 고대에 구할 수 있었던 재료만으로 아르키메데스 갈고리를 복원하는 실험을 펼칩니다. 실험을 통해 이 발명품이 적을 압도할 만큼 위협적인 무기가 될 수 있음을 밝혀냈지요.

한편 아르키메데스가 만들었다고 주장하는 무기 중에서

실로 놀라운 무기가 있으니, 그것은 바로 '살인 광선'이라는 별명을 가진 광선 무기입니다. 아르키메데스의 광선 무기는 태양 광선을 모아 강력한 빔(beam)으로 바꾸어 주는데, 이를 이용하면 적의 목선을 불태울 수 있었다고 합니다. 이 광선 무기가 무엇이고 어떻게 작동하는지에 대해서는 별의별 이야기가 전해집니다. 아르키메데스가 포물면거울(오목거울의 하나로, 포물선의 내면을 반사면으로 하는 반사거울: 옮긴이)로 태양 광선을 모으려고 했다는 주장이 있습니다. 또 아르키메데스가 시라쿠사의 병사들에게 번쩍이는 청동 방패로 빛을 모으라고 명령했다는 이야기도 있고요.

이 광선 무기가 실제 있었는지, 정말로 실현 가능한지를 두고 논쟁이 벌어진 적이 있습니다. 1973년 이오아니스 사카스라는 그리스 과학자는 구리를 입힌 거울 70개로 광선 무기를 재현했습니다. 그러고는 광선을 합판으로 만든 모형 전함에 향하게 했지요. 결과는 어땠냐고요? 순식간에 모형에 불이 붙었고, 재가 되어 버렸습니다. 하지만 이 실험이 광선 무기가 실제로 있었다는 것을 증명하지는 못합니다. 일단 모형이 무기로부터 겨우 50미터 거리에 있었기에, 실험의 타당성이 떨어지지요. 이 정도 거리라면 차라리 불화살을 쏘는 게 낫지 않았을까요? 또한 합판은 로마 전함에서 사용되었을 법한 삼나무 같은 목재에 비하면 불에 쉽게 타 버리는 목재였고요.

근래에는 미국의 TV 방송〈호기심 해결사(Mythbusters)〉도 여러 차례 이 무기를 복원하려고 시도한 적이 있습니다. 시청자들에게 '실제로 작동할 수 있는 살인 광선 만들기'라는 과제를 공모했지요. 2005년 매사추세츠공과대학교(MIT) 학생들이 30미터 거리의 모형 보트를 불태웠다면서 실험이 일부 성공했음을 주장했습니다. 이후 학생들은 방송을 통해 더 먼 거리에서 실험했지만 결국 실패로 끝나고 말았지요. 목표물 일부에 불이 붙었지만 아르키메데스의 광선처럼 가공할 무기는 될 수 없었어요. 누군가 고대의 광선 무기를 성공적으로 복원해 내기 전까지 이 논쟁은 계속될 것 같습니다.

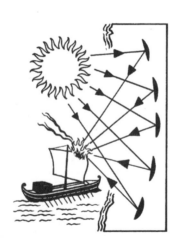

아르키메데스의 광선 무기

기관총

Machine Gun

처음 발명된 곳: 그리스

시기: 기원전 3세기

기관총은 의심의 여지 없이 현대적인 무기 같습니다. 그런데 고대 그리스에도 이것과 비슷한 폴리볼로스(Polybolos)라는 병기가 있었다는 사실, 알고 있나요? 기원전 3세기 말에 로마의 철학자 필론^{Philon, 기원전 20?~서기 50?}이 쓴 저서에 폴리볼로스의 성능과 작동 원리에 대해 나와 있습니다. 그에 따르면 이무기는 디오니시오스라는 알렉산드리아의 그리스 출신 공학자가 로도스라는 도시의 병기창에서 개발했다고 합니다.

폴리볼로스는 볼트(일반 화살보다 더 짧고 굵은 화살: 옮긴이)를 연속으로 장전하고 발사할 수 있었다고 합니다. 회전하는 전동장치에 걸린 체인에 의해 작동되었는데, 활대를 당기면 볼트가 장전되고 시위를 당기면 바로 볼트가 날아가는 구조였어요. 볼트를 자동으로 장전할 수 있었기에 지체 없이 곧바로 다음 볼트를 발사할 수 있었습니다.

폴리볼로스의 위력이 엄청났을 것이라는 사실은 분명합니다. 19세기 말, 슈람이라는 독일의 엔지니어가 당시 프로이센 황제를 위해 실제와 똑같은 모형을 제작한 일이 있었지요. 그는 자전거 체인을 활용해 원래의 장치를 조금 변형하여 폴리볼로스를 만드는 데 성공했어요. 그런데 슈람이 만든 폴리볼로스 모형은 지나치게 높은 명중률 때문에 비판받았습니다. 동시대 어떤 작가는 이 무기를 두고 슈람의 폴리볼로스가 표적 한가운데에 과도하게 적중한다고 평가할 정도였지요. 마치 전설적인 활잡이 로빈 후드처럼, 그가 쏜 두 번째 볼트는 앞서 표적에 박혀 있던 첫 번째 볼트를 정확히 반으로 쪼갰다고 합니다.

고대 군사 무기인 폴리볼로스로, 약간 변형된 버전이다.

무기에 관한 짤막한 역사 이야기

A Very Brief History of Early Weaponry

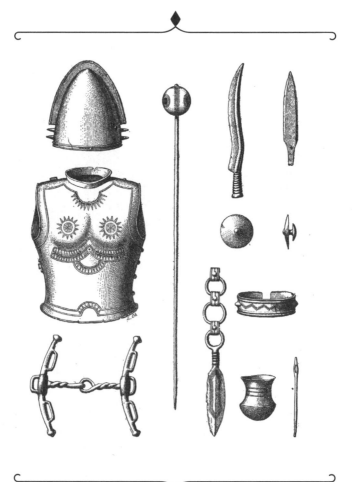

인류는 선사시대부터 무기를 만들기 시작했습니다. 가장 오래된 무기는 곤봉·돌도끼·돌칼이었는데, 이 모두가 10만~50만 년 전에 쓰이고 있었지요. 이번에는 무기에 관한 이런저런 짤막한 역사를 이야기해 볼까 합니다.

◆ 이제까지 알려지기로 가장 오래된 창은 가문비나무로 만들어진 '클랙턴 창'입니다. 1911년 영국 클랙턴온시(Clacton-on-Sea)라는 지역에서 이 창의 파편이 발견되었지요. 이 창에 대한 가설 하나는, 이것이 인간 역사에서 비교적 평화로운 시기에 만들어졌다는 주장입니다. 고작 창 한 자루로도 타인에게 커다란 위협을 가할 수 있었던 그런 시기 말입니다.

◆ 원시적인 형태의 투석기는 구석기시대에 이미 사용되었던 듯합니다. 멀리 떨어진 사냥감을 가죽이나 나무껍질로 돌멩이를 던져서 죽이는 식이었을 것으로 짐작됩니다.

◆ 꽤 먼 거리에서도 사냥감을 잡을 수 있는 투창은 정말 획기적인 발전이었습니다. 독일 니더작센주 쇠닝

엔(Schöningen)의 고대 광산에서 창이 발굴되었는데요. 클랙턴온시에서 창의 파편만 발견된 것에 비해 이것들은 온전한 형태를 유지하고 있었습니다. 대략 35만~40만 년 전에 만들어졌을 것으로 짐작되지요. 하지만 일부 역사가들은 이것들이 던지는 용도가 아니라, 찌르는 용도의 창일 수도 있다고 주장합니다.

◆ 초기의 호주 원주민인 *애버리지니(aborigine)는 기습 공격에 대비해서 창이나 곧바로 목적물을 해치도록 고안된 전투용 부메랑, 둥글게 휘어진 장대로 무장했습니다.

◆ 활과 화살은 5만~6만 5,000년 전에 아프리카에서 제일 먼저 만들어졌을 것으로 추정됩니다. 형태가 온전하게 보존된 가장 오래된 활은 약 1만 년 전에 덴마크에서 만들어진 것입니다. 하지만 화살촉과 끝부분은 훨씬 오래된 문화권에서 발견되었지요.

◆ 활과 화살이 생겨나면서 공격자들이 같은 무기를 반복적으로 사용할 수 있게 되었고, 이로 인해 조직적인 전투가 가능해졌습니다. 대규모 전투에 대한 가장 오래된 유물이 수단에 있는 한 석기시대 공동묘지에서 나왔어요. 약 1만 4,000년 전에 형성된 이 묘지에

---

* 애버리지니의 선조는 약 3만 년 전에 아시아에서 이주해 온 것으로 여겨진다.

최소 59구의 시신이 매장되어 있었지요.

◆ 생물학전의 시초는 기원전 1700년으로 거슬러 올라
갑니다. 당시 수메르인들은 전염병균을 갖가지 방법
으로 살포하여 무기로 사용했습니다.

◆ 기원전 1200년 무렵, 트로이전쟁에서 독화살이 쓰였
을 가능성이 있습니다. 호메로스의 서사시『일리아
스』에 유독성 무기에 대한 언급이 나옵니다. 그런가
하면 기원전 6세기 무렵 스키타이인(오늘날 이란인의 선
조)은 맹독을 바른 화살을 쏘아 대서 악명이 높았지
요.

크로스보우

Crossbow

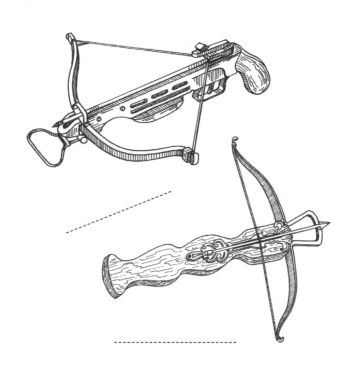

처음 발명된 곳: 중국
시기: 기원전 6세기경

크로스보우(crossbow)는 활에 일종의 기계장치를 도입한 무기로, '쇠뇌'라고도 합니다. 활의 단점을 개량하기 위해 총의 방아쇠와 비슷한 발사 장치를 결합시킨 것입니다. 크로스보우라는 명칭은 활의 몸체가 십자가 형태이기 때문에 붙여졌습니다. 활보다 멀리 쏠 수 있는 크로스보우가 전쟁에서 맹활약을 펼치면서 인류 역사에도 중대한 변화가 생겼지요. 보통 전문적인 궁수에게 오랜 시간 쏘는 법을 배워야 제대로 부릴 수 있는 활과 달리, 크로스보우는 신참 병사도 몇 주만 훈련을 받으면 표적에 정확히 명중시킬 수 있었어요. 따라서 크로스보우만 있으면 단기간 훈련을 통해 전투력을 높일 수 있었지요.

이와 관련된 가장 오래된 증거를 살펴봐요. 기원전 6세기 무렵 고대 중국과 이웃 지역에서 작성된 기록에 크로스보우가 등장합니다. 또한 기원전 4세기의 문헌에 따르면, 기원전 6세기 또는 5세기에 군대가 대량의 크로스보우를 보유하고 있었다고 쓰여 있지요. 한편 기원전 500~300년 사이에 손자孫子가 저술한 『손자병법(孫子兵法)』에는 크로스보우(쇠뇌)가 여러 번 언급됩니다. 이 책에 실린 아주 유명한 말도 전해집니다. "전쟁을 잘하는 장수의 기세는 쇠뇌를 당긴 것 같고, 절도는 그 발사기를 쏘는 것과 같다."

가장 이른 시기에 만들어진 크로스보우 실물을 살펴봅시다. 중국의 묘지 유적에서는 기원전 5세기 중반에 만들어졌을 것으로 추정되는 청동 볼트 화살이 발굴되었습니다. 또한 손으로 잡을 수 있을 만큼 작은 크기의 크로스보우 발사 장치가 중국 산동 취푸(曲阜) 지역에서 출토되었는데, 이는 기원전 6세기의 것으로 추정되지요.

그런데 연속 발사 기능을 갖춘 크로스보우가 언제 처음 개발되었는지를 둘러싸고 논쟁이 있습니다. 더 이른 시기라는 주장도 있지만, 일반적으로 중국 삼국시대 촉한의 전략가 제갈공명이 개발했다고 알려져 있습니다. 제갈공명이 만든 크로스보우는 매우 위협적인 무기였을 듯합니다. 한 번에 두세 발씩 쏠 수 있으니 줄지어 선 군인들이 동시에 발사했다면 분명 위력이 엄청났을 것입니다. 이 시기 크로스보우의 활대 위쪽에는 볼트 화살을 놓을 수 있는 화살통이 있었고, 레버를 당기면 볼트가 자동으로 장전되었습니다. 이 당시 무기들은 유효사격 거리가 100미터 정도였어요.

중세 시대가 되면 중국에서는 열두 발을 연달아 쏠 수 있는 크로스보우가 개발됩니다. 이것은 19세기까지 꾸준히 사용되었는데요, 근대 기관총과 비교해도 파괴력이 뒤지지 않았습니다.

고대 로마의 대형 크로스보우인 '발리스타'

투석기(캐터펄트)

Catapult

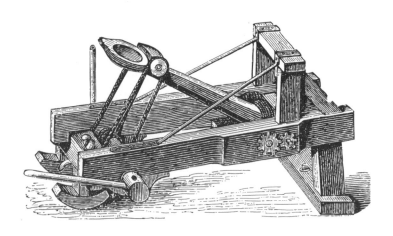

처음 발명된 곳: 그리스

시기: 기원전 4세기

크로스보우의 크기가 커질수록 맨손으로 다루기가 힘들어 졌지요. 사람들은 이 문제를 어떻게 해결해야 할지 난감해졌 습니다. 크로스보우의 작동 원리를 이용하면서도 다루기 쉬 운 대형 무기를 만들 방법을 고민했지요. 그리하여 투석기 캐터펄트(catapult)가 탄생하게 된 것입니다. 캐터펄트는 초 기의 대포 형태라고 생각하면 됩니다.

중국이 처음으로 크로스보우를 사용하던 시기, 그리스 에서도 비슷한 형태의 크로스보우가 만들어졌습니다. 그리 스 역사가 디오도로스^{Diodoros, 기원전 60?~30?}의 기록을 보면, 기원 전 399년에 규모를 키운 화살용 투석기인 '발리스타'라는 무기가 쓰였다는 기록이 처음으로 나옵니다. (물론 이보다 훨 씬 이전, 성경에 투석기의 시초가 될 수도 있는 무기가 언급되어 있습니 다. 「역대기」하권 26장 15절을 보면, 유다 왕 웃시야가 "예루살렘에서 는 솜씨 좋은 장인들이 고안해 낸 것으로 화살과 큰 돌을 쏘는 무기를 만들어, 망대와 성 모퉁이마다 배치하였다."라고 적혀 있지요. 성경에 적힌 기록이 사실이라면, 기원전 8세기쯤에 이미 캐터펄트가 사용되었 다고 말할 수 있어요. 하지만 동의하지 않는 학자들도 있습니다.)

발리스타는 한마디로 말하면 대형 크로스보우입니다.

커다란 크로스보우를 거치대 위에 세워서 쓰는 것이지요. 큰 목재 틀에 밧줄로 만든 시위를 걸고 대형 화살 등을 장전하여 밧줄의 장력을 이용해서 발사했습니다. 화살뿐만 아니라 창·나무 탄알·돌 등도 날려 보냈습니다. 세 사람이 끌어당겨 화살을 장전해야 할 정도로 엄청나게 큰 발리스타도 있었지요.

4세기 들어 고대 로마인들이 고안한 투석기인 망고넬 (mangonel)은 우리가 생각하는 투석기의 형태와 비슷합니다. 시위를 끌어당겨 발사하는 발리스타와 달리, 망고넬은 지레의 원리를 이용했습니다. 이 기계의 한쪽 지레 끝에는 끈이 여러 개 걸려 있는데, 사람들이 이것을 잡아당겨 반대쪽의 돌을 멀리 던져 올리는 방식입니다. 망고넬은 적의 성벽을 무너뜨리거나 요새 안쪽으로 돌을 던지는 데 사용된 무기였습니다.

이번에는 중세 시대까지 쓰였던 거대한 투석기인 트레뷰셋(trebuchet)을 살펴봅시다. 트레뷰셋은 망고넬을 개량한 투석기입니다. 돌을 쏘아 올릴 때 사람의 힘이 아니라 무게 추를 사용했지요. 모래나 돌로 만든 무게 추를 놓으면 추가 아래로 떨어지면서 지렛목의 반대쪽에 놓인 돌을 던져 올리는 방식입니다. 규모가 큰 트레뷰셋은 100킬로그램이 넘는 돌을 200미터 거리까지 날려 버릴 수 있었습니다. 주로 적의 성이나 요새를 무너뜨릴 때 쓰였지요.

그런데 트레뷰셋과 망고넬은 돌을 던져서 목표물을 파괴하는 용도로만 쓰이지 않았습니다. 수 세기 동안 생석회·불타는 타르와 모래·배설물·부패한 동물의 사체·병들어 죽은 시체들(전염병의 희생자들)을 날려 보냈습니다. 때때로 적군의 시체나 살아 있는 포로를 던져서 적에게 공포감과 혼란을 심어 주기도 했지요. 특히 트레뷰셋은 화약 무기가 발명되기 전까지 가장 위협적인 무기 중 하나였습니다.

중세 시대까지 쓰인 무기 트레뷰셋

전함
Warship

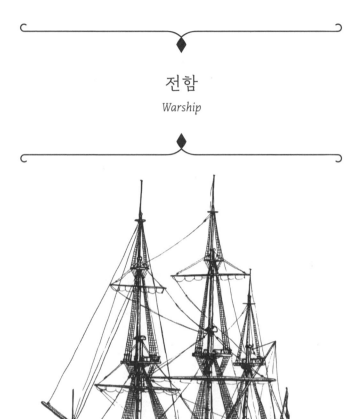

처음 사용된 곳: 지중해

시기: 기원전 2000년대

전함은 언제 처음으로 만들어졌을까요? 선사시대 보트와 카누도 전쟁을 할 때 쓰였을 테니 전함이라고 할 수도 있겠네요. 하지만 진정한 의미의 전함을 찾으려면 우리는 지중해와 중동 일대의 해양 문화를 이해해야 합니다. 지중해 동쪽과 남쪽 해안가에 자리한 페니키아 문화는 특히 장거리 항해술과 조선술이 뛰어났으며, 가장 이른 시기에 전함을 만들었다고 알려져 있지요.

이미 기원전 2000년대에 큰 배들이 해안가의 다른 지역을 공격하는 데 쓰이고 있었습니다. 고대 그리스의 역사학자 투키디데스가 바다를 휘젓고 다니는 고대의 약탈자들에 대한 기록을 남기기도 했지요. 특히 큰 배들은 전리품으로서의 가치가 어마어마하므로 전쟁에서 매우 중요하게 다뤄졌습니다. 따라서 해상에서는 이제 공격뿐 아니라 방어를 위한 전략도 중요해지게 됩니다.

당시 전투에 가장 흔히 쓰이던 배는 사람이 노를 저어 움직이던 갤리선입니다. 그때 해상전에서는 속도가 관건이었으므로, 노의 수가 중요했습니다. 갤리선의 명칭은 배를 움직이는 노의 수나 노의 단 수에 따라 정해졌지요. 예를 들어, 30개의 노가 일직선으로 달려 있던 그리스 초기의 갤리선은 트리아콘터(triaconter)라고 불렸어요. 노가 1단으로 배치된 갤리선은 모노레메(monoreme), 2단으로 된 갤리선은 바이레메(bireme), 3단으로 된 갤리선은 트라이레메(trireme)라고 불렸지요. 더 강력한 전함이 되기 위해서는 반드시 단을 증가해야 했습니다. 한쪽에 서른 명이 넘는 노잡이가 있을 만한 공간을 마련하려면 배의 규모가 커져야 하는데, 그러면 민첩하게 움직이기가 쉽지 않았기 때문입니다.

초기의 전함은 적의 배에 올라타서 적군을 제압하는 육박전에 용이하도록 만들어졌습니다. 그러다 기원전 1000년대 초, 파성퇴(성문이나 성벽을 부수는 데 쓰던 나무 기둥같이 생긴 무기: 옮긴이)가 개발되면서 양상이 조금 달라졌습니다. 뱃머리 바닥에 파성퇴를 보관할 수 있는 공간을 따로 둔 것이지요. 평소에는 파성퇴의 삐져나온 부분을 금속으로 덮어 숨기다가, 전쟁 시 이걸로 적의 배에 치명적인 구멍을 냈습니다. 기원전 750년 무렵 페니키아인들은 이렇듯 파성퇴를 갖춘 배를 보유하고 있었습니다.

그런데 기원전 4세기 이후로 캐터펄트가 등장하면서 다시 한 번 군함의 성격이 바뀝니다. 이제 적의 배를 직접 들이받지 않고도 먼 거리에서 막대한 손상을 입힐 수 있게 되었어요. 그때부터 사람들은 공격하기 좋은 위치를 선점하기 위해 경쟁을 벌였습니다. 유효사격 거리가 먼 무기를 보유한 배들을 유리한 고지에 배치하게 되었지요.

기원전 3세기에는 제1차 포에니전쟁이 발발합니다. 이는 세를 키워 가던 로마와 카르타고 사이에 일어난 싸움이었지요. 카르타고는 페니키아의 식민지로 시작된 도시국가로, 엄청난 발전을 이루며 초기 해상 교역을 휘어잡고 있었습니다. 여기 대항하여 로마는 카르타고로부터 포획한 5단 전함을 중심으로 함대를 정비했습니다. 로마는 한발 더 나아가, 병사들이 근접한 적의 배 위로 뛰어들 수 있도록 해상 침투 장비를 갖추었지요. 이 장비를 통해 로마인들은 지상 전술을 바다에서도 적용할 수 있었고, 마침내 포에니전쟁에서 승리할 수 있었습니다. 이 시기부터 로마인들은 지중해와 그 너머의 해상을 장악하게 되었어요. 놀랍게도 로마는 해양 기술 대부분을 자신들이 멸망시킨 이전의 문화권에서 배웠답니다.

그리스의 불

Greek Fire

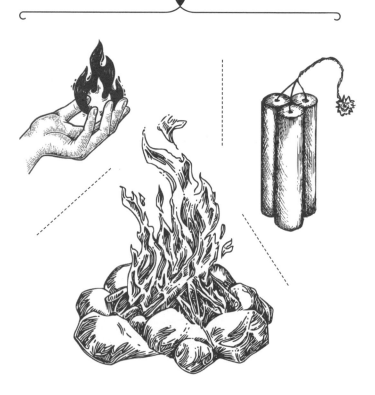

처음 발명된 곳: 비잔틴제국

시기: 서기 7세기

무기와 관련된 고대 수수께끼 중 하나가 바로 '그리스의 불' 입니다. 이것은 물속에서도 끊임없이 불타오른다는 비잔틴 제국의 화학무기예요. 어떻게 이런 무기를 만들었는지는 아직도 의문에 싸여 있습니다.

불을 이용한 가장 오래된 무기라면 횃불과 불화살 정도를 들 수 있습니다. 이는 기원전 1000년대에 중국과 아시리아제국의 여러 곳에서 쓰였지요. 그런가 하면 비슷한 시기에 '불타는 액체'를 썼다는 기록이 있는데, 아마도 석유와 관련이 있는 것 같습니다.

하지만 '그리스의 불'의 위력은 더욱 대단합니다. 이 무기는 서기 678년, 비잔틴제국의 수도인 콘스탄티노플을 차지하기 위해 맹렬히 공격해 오던 사라센제국의 함대를 격퇴하는 데 활용되었지요. (참고로, 콘스탄티노플은 오늘날 이스탄불로 불립니다. 사라센제국은 7~13세기 사이에 이슬람교도가 서아시아를 중심으로 건설한 대제국을 총칭하는 말이에요.)

사라센군은 연달아 성공을 이루었고 다가올 해상 전투에서도 승리할 가능성이 높아 보였습니다. 이 전투에서 이기면 콘스탄티노플 주변의 바다를 장악하게 될 터였지요.

이에 비해 비잔틴제국의 해군은 숫자상으로 열세였습니다. 그런데 비잔틴군에는 비밀 무기가 있었어요. 그들은 이 무기를 뱃머리에서 삐죽이 나온 청동으로 된 파이프에 숨겨 두었지요. 그리고 사라센군이 가까이 접근하자 무기를 개시했습니다. 곧 용기에서 흘러나온 액체들이 사라센군 쪽으로 흘렀고, 사라센군의 전함에 불이 붙으면서 타올랐어요. 일명 '그리스의 불'이 닿는 곳에는 어디든 불이 붙었으며, 심지어 물속에서도 타올랐습니다. 화염에 휩싸인 불쌍한 사라센 병사들이 물속으로 뛰어들었지만 불은 사그라들지 않았습니다. 전쟁은 비잔틴제국의 승리로 끝났습니다. 사라센 함대의 일부 전함이 완파되었고, 나머지 배들도 공포에 질려 허겁지겁 도망쳤지요. 이후 지중해와 그 너머에 그리스의 불에 대한 이야기가 퍼져 나갔습니다.

이때 이후로 그리스의 불은 자주 쓰이지 않았는데, 다른 나라 함대들이 이런 무시무시한 이야기만으로도 비잔틴에 대한 공격을 주저했기 때문입니다. 그 뒤로도 이 액체는 콘스탄티노플의 성벽을 지키기 위해 지상에서 여러 차례 쓰였습니다. 병사들은 이 액체를 적신 옷감 뭉치 형태의 발사체를 캐터펄트에 올려 날리기도 했지요.

그런데 이 무기는 단점이 있었습니다. 맞바람이 불 때는 쓰기 어려웠고, 배에서 쓸 때는 통에서 관을 거쳐 액체를 퍼올려야 하므로 사격 거리가 제한적이었지요. 그럼에도 불구하고 여전히 그리스의 불은 전쟁을 억지하는 데 한몫했던 무시무시한 무기였습니다.

그럼 대체 '그리스의 불'은 정체가 무엇이었을까요? 화염을 일으킨 물질은 칼리니코스라는 그리스의 건축 기술자가 개발한 것입니다. 이 무기의 제조법은 칼리니코스의 가족과 비잔틴제국의 황제들만이 알 정도로 철저히 베일에 싸여 있었어요. 이 비법은 황제에서 다음 황제로 대물림되다가, 결국엔 사라져 버렸습니다.

오늘날 몇몇 전문가들은 '그리스의 불'의 주요 성분이 인산칼슘일 수도 있다고 추측합니다. 인산칼슘은 석회, 뼈와 숯에 열을 가하면 얻을 수 있어요. 이것이 물과 접촉하면 순식간에 불이 붙게 되지요. 또 다른 성분으로는 나뭇진(액체가 달라붙는 이유를 설명할 수 있지요), *네이팜 같은 원유에서 정제된 성분들, 생석회 등이 포함되었을 가능성이 있습니다. 현대 전문가들은 이 물질들로 실험하여 역사에 기록된 그리스의 불을 근접하게 복원했어요. 그러나 정확한 제조법은 영원히 비밀로 남을 것입니다.

---

* 알루미늄 비누와 휘발유를 혼합하여 만든 고농도 연료로서, 대단한 폭발력의 네이팜탄을 만드는 데 쓰인다.

독가스

Poison Gas

최초의 사용 기록이 있는 곳: 중국

시기: 기원전 4세기

독가스가 가장 먼저 쓰인 곳은 고대 이집트였던 것으로 추정됩니다. 빈대를 잡기 위해 가스를 뿌렸다는 이야기가 전해지지요. 하지만 전쟁에서의 독가스 살포에 대한 가장 이른 기록은 기원전 4세기 중국에서 나옵니다.

도시를 포위할 때 공격군이 쓸 수 있는 한 가지 전략은 도시 성벽 아래에 땅굴을 파는 것입니다. 그렇게 해서 성벽의 지반을 약화시켜 무너뜨리는 것이지요. 파 놓은 굴을 적진에 침투하는 경로로 이용할 수도 있고요. 그러면 수비군은 어떻게 대응했을까요? 수비군은 땅굴 맞은편에서 연기를 불어 넣어서 상대편을 질식시키는 전술로 맞섰어요. 당시 사용된 물질로는 강한 독성을 가진 황 겨자와 쑥이 있습니다. 두 식물 모두 불에 타면 유독가스를 내뿜지요. 로마제국 시기가 되면 더욱 다양한 종류의 독을 구할 수 있게 됩니다. 로마군은 포위한 도시의 우물에 독을 풀어 놓는 전술을 즐겨 썼다고 합니다.

한편 독가스에 관한 가장 오래된 증거물은 오늘날 시리아 동부에 위치한 두라 에우로포스(Dura-Europos)의 고대 로마 유적에서 나왔습니다. 서기 256년에 세워진 이 요새 유적의 성벽 지하에서 로마 병사 20구의 유골이 발견되었지요. 로마 병사들이 여기에 묻히게 된 사연은 이렇습니다. 이곳에 페르시아군이 쳐들어와 성벽 아래에 땅굴을 파려 하자, 로마 병사들도 방어 또는 도피의 목적으로 굴을 팠다고 합니다. 이에 페르시아군은 유황 결정과 역청 혼합물을 태운 독가스를 굴 안으로 흘려보냈지요. "비명 소리가 그칠 때까지" 독가스 살포를 멈추지 않았습니다. 도시를 점령한 뒤, 페르시아군이 로마 병사들의 시체들을 땅굴 밖으로 끄집어내서 성벽 밑에 파묻었던 것입니다.

전해지는 또 다른 흥미로운 이야기가 있습니다. 로마군의 공격을 받던 그리스의 전초기지 테미스크리아(Themiscrya)에서 벌어진 일이었지요. 이때 그리스군은 독이 아니라 벌집을 이용했습니다. 그들은 벌집을 땅굴 안으로 집어넣는 데 성공합니다. 땅굴을 파던 로마인들은 성난 벌들의 공격을 받고 허겁지겁 뒤로 물러났다고 합니다.

갑옷과 탱크
Armour and Tanks

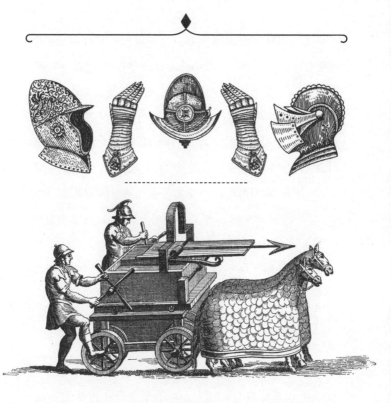

갑옷 유물이 발견된 곳: 수메르의 도시 우르
만들어진 시기: 기원전 3000년대

갑옷

갑옷에 관련된 가장 오래된 증거는 수메르의 도시 우르에서 나왔습니다. '우르의 깃발(Standard of Ur)'이라고 불리는 나무 상자인데, 기원전 3000년대 초반에 제작된 것으로 추정됩니다. 이 나무 상자 겉면에는 인물과 여러 장면의 형상이 다양한 재료로 장식되어 있어요. 투구나 튜닉, 육중한 망토를 걸치고 행진하는 군사들의 모습을 볼 수 있지요. 유물을 통해 알 수 있듯, 이 시기에는 가죽 갑옷을 착용했던 것으로 보여요. 갑옷을 입으면 어느 정도는 신체를 보호할 수 있었겠지만 화살과 긴 창에는 뚫릴 위험이 있었지요. 오랜 시간이 지나서 중국인들은 가죽 갑옷에 옻칠을 하여 더 단단하게 만드는 방식으로 이 문제를 어느 정도 해결했습니다. 춘추전국시대의 통치자 증후을^{曾侯乙, 기원전 477~433}의 무덤에서 옻칠을 한 웅장한 갑옷 열두 벌이 출토되기도 했지요.

최초의 금속 갑옷은 투구의 형태였습니다. 우르의 깃발이 나온 고고학 유적지에서 금과 은을 두들겨 펴서 만든 금속 투구가 함께 출토되었는데요. 금과 은 따위의 값비싼 금속으로 만든 것을 보면, 초기에 갑옷은 전투용이라기보다 의식에 쓰였음을 알 수 있습니다. 기원전 15세기 무렵까지는 금속 갑옷이 착용된 것으로 보입니다. 그리스 남쪽 덴드라(Dendra)의 무덤 유적에서 한 귀족 남성의 유골이 발견되었는데, 그는 팔과 다리까지 모두 덮는 금속 갑옷을 걸치고 있었지요. 같은 시기에 중국인들은 가죽에 청동 판을 붙여 만든 갑옷을 만들어서 무게를 조금 덜어냈습니다. 이 갑옷은 몸을 잘 구부릴 수 있다는 점에서 활동성이 있었지요.

그런데 고대 역사에서는 말이나 코끼리까지도 갑옷을 입고 전투에 나갔다는 사실, 알고 있나요? 알렉산드로스대왕이 인도에서 대장정을 하던 때의 일입니다. 젤룸강(오늘날 파키스탄 펀자브주) 주변에 이르러서, 알렉산드로스대왕은 *파우라바 왕국의 포루스 왕과 대적하며 깜짝 놀랐습니다. 적군이 생각보다 더욱 흉포했기 때문이에요. 알렉산드로스대왕은 전쟁에서 가까스로 이길 수 있었지만 특히 가죽 갑옷을 입은 적군의 코끼리 때문에 애를 먹었습니다. 전투에서는 이겼지만 엄청난 대가가 따랐지요. 게다가 더욱 규모가 큰 전투용 코끼리 부대가 먼 동쪽에 있다는 소문을 듣고, 알렉산드로스대왕은 인도아대륙 안쪽을 정복하려는 욕망을 접어야 했습니다.

---

* 고대 인도아대륙 북서부의 왕국으로 기원전 890년에서 322년까지 존재했다.

탱크

기원전 1000년대가 되면 아시리아제국에서 적의 성이나 요새를 공격할 수 있는 용도의 '무장한 탈것'이 제작됩니다. 이마차는 네 개에서 여섯 개의 수레바퀴가 달렸고, 병사들을 실을 뿐만 아니라 성문을 공격하는 무기인 '공성퇴'를 탑재했지요. 마차 위쪽에는 옥탑을 설치하여 그곳에서 궁사들이 성벽 위에 있는 수비군을 향해 화살을 쏠 수 있게 했습니다. 또한 포탄 공격을 받아서 화염에 뒤덮일 경우를 대비해 급수통을 싣기도 했습니다. 당시 화염 포탄은 전투에서 가장 큰 위험이었으니까요.

우리가 지금 알고 있는 '탱크'와 비슷한 모습의 장갑차는 중국에서 등장합니다. 12세기에 중국은 타타르족과의 전투에서 두꺼운 철판을 덧씌운 장갑차로 타타르족 병사들을 막아 냈지요. 이 탱크는 다루기 힘들었지만 그만큼 전쟁에서 큰 위력을 발휘했습니다.

한편 15세기 유럽에서도 탱크 비슷한 것이 쓰였습니다. 이때는 신교도와 구교도 사이에 충돌이 끊이지 않았습니다. 체코 보헤미아에서는 막강한 독일제국군에 맞서 혁명가 얀 지슈카^{Jan Žižka, 1360?~1424}가 이끄는 농민군이 들고일어났지요. 독일군은 20만여 명인 데 비해, 농민군은 2만 5,000여 명에 불과했습니다. 한정된 자원과 수적인 열세를 극복하기 위해 농민군은 획기적인 묘책을 짜내야 했지요. 얀 지슈카는 말들이 끌 수 있을 만큼 얇은 철판으로 마차를 덧씌웠습니다. 이 마차 안에 징이 박힌 쇠막대, 도끼, 크로스보우를 싣고, 간단한 권총으로 무장한 농민군을 타게 했지요. 비록 불리한 상황이었지만 농민군은 여러 차례 주목할 만한 승리를 거두었습니다. (결국 이 전쟁은 흐지부지 끝나 버렸다고 합니다.)

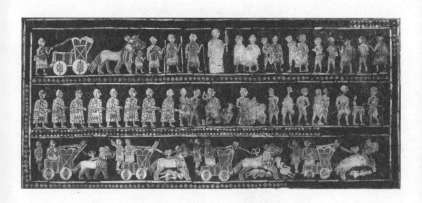

수메르의 도시 우르에서 출토된
'우르의 깃발'이라고 불리는 나무 상자

낙하산

Parachute

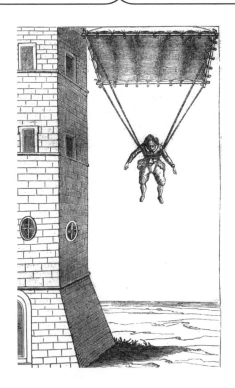

최초의 기록이 있는 곳: 고대 중국
시기: 기원전 21세기

1485년경, 레오나르도 다빈치는 낙하산에 대한 최초의 설계 안을 그렸습니다. 그런데 대기의 항력을 이용해서 공중에서 사람을 안전하게 땅 위에 내리도록 하는 기구는 고대 중국에서 처음으로 등장합니다. 기원전 2세기의 역사가 사마천이 쓴 『사기』를 보면, 적들에게 쫓기던 순임금이 지붕에서 손에 커다란 대나무 모자를 들고 안전하게 내려와서 위기를 벗어났다는 이야기가 적혀 있습니다. 여기서 대나무 모자가 낙하산이라고 할 수 있지요. 물론 순임금은 기원전 21세기에 살았던 사람이라고 전해지니, 이 이야기가 신화에 지나지 않을 가능성도 있습니다. 하지만 기원전 200년부터 오늘날까지 중국의 서커스 곡예사들은 비슷한 방식으로 꽤 높은 곳에서 우아하게 지면으로 내려오지요.

제
5
전
시
실

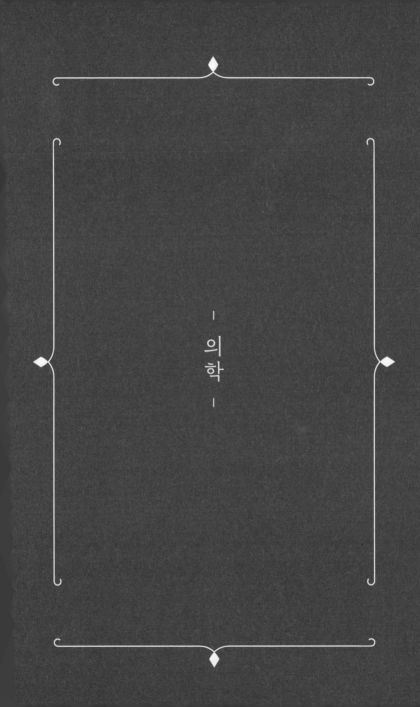

－
의
학
－

외과 수술
Surgery

처음 시행된 곳: 이라크
시기: 기원전 60000~30000년

고대 문명에서는 믿을 수 없을 만큼 다양한 외과 수술이 시행되었습니다. 상처를 봉합하거나 지지거나 팔다리를 절단하는 수술도 이뤄졌지요. 고대의 외과 수술에 대한 증거들이 세계 곳곳에서 나오고 있습니다. 예를 들면 아프리카에서는 상처를 봉합하는 데 쓰인 듯한 석기시대 바늘이 발견되었지요. (인도와 남아메리카의 몇몇 부족은 작은 상처가 났을 때, 개미나 풍뎅이가 그 상처를 입으로 물게 하여 곤충의 몸통을 제거하고 머리만 남겨 상처를 봉합했다고 합니다.)

그런가 하면, 두개골에 구멍을 뚫는 천두술도 아주 오래전부터 시행된 외과 수술 중 하나입니다. 기원전 6500년 무렵에 형성된 무덤 유적지에서 두개골 120구가 발견되었는데, 그중 40구의 두개골에 독특한 모양의 구멍이 뚫려 있었습니다. 몇몇 사회에서는 이렇게 두개골에 구멍을 뚫는 수술을 하면 사악한 귀신이나 악령을 쫓아낼 수 있다고 믿었지요. 물론 이런 황당한 이유 말고 더욱 타당한 목적으로도 수술을 했습니다. 가령 두개골에 출혈이 있을 때 피를 뽑아내야 하는 상황 말입니다. 이는 역사상 최초의 뇌 수술로 기록되었습니다.

팔다리 절단술도 마찬가지로 고대부터 시행되었습니다. 프랑스 파리 남쪽에 있는 뷔티에-불랑쿠르(Buthiers-Boulancourt)라는 지역의 무덤에서 대략 7,000년 된 유골이 발견되었는데요. 이 유골의 왼쪽 팔뚝은 예리한 돌칼에 의해 의도적으로 절단된 듯 보였습니다. 팔을 잘라 내는 외과 수술이 이뤄진 것입니다. 과학자들이 유골을 분석한 결과, 이 환자에게 환각 성분이 든 독말풀 같은 진통제가 사용되었을 가능성이 있다는 결과가 나왔습니다. 세이지 같은 약초를 써서 상처를 소독했을 수도 있고요. 머나먼 고대에 이뤄진 절단 수술이지만 놀랍게도 감염의 흔적은 전혀 보이지 않았습니다.

그런데 이라크의 샤니다르동굴 유적에서 나온 화석 유골은, 더욱 오래전부터 수술이 이뤄졌을 가능성이 있음을 보여 줍니다. 우리의 사촌인 네안데르탈인들이 외과 수술을 했을 가능성이 있다는 것이지요. 샤니다르 1호(고고학자들은 이 유골에 '낸디'라는 이름을 붙였습니다)로 알려진 유골은 다친 데가 꽤 많은 듯 보입니다. 얼굴 쪽에 심한 충격을 받았는지 한쪽 눈이 멀고 귀가 먹었던 듯하고, 오른쪽 팔은 골절 치료를 한 흔적이 여러 군데 보이는 데다가, 팔꿈치 아래와 손이 떨어져 나갔습니다. 이 발견으로 인해 네안데르탈 문화에 대한 인식이 달라졌습니다. 학자들은 부족의 구성원들이 상처 입은 낸디를 돌보았을 것이라고 추측했습니다. 게다가 팔꿈치 아래와 손은 누군가에 의해 의도적으로 절단된 것으로 짐작됩니다. 이는 낸디가 팔꿈치 아래쪽을 잃은 뒤로 적절한 치료를 받았을 가능성을 보여 주지요. 이 화석 유골은 기원전 60000년~30000년 사이에 살았을 것으로 추정됩니다. 낸디가 받은 처치를 외과 수술이라 한다면, 현생 인류나 네안데르탈인이 가장 오래전에 실행한 수술이라고 말할 수 있을 것입니다.

성형수술

Plastic Surgery

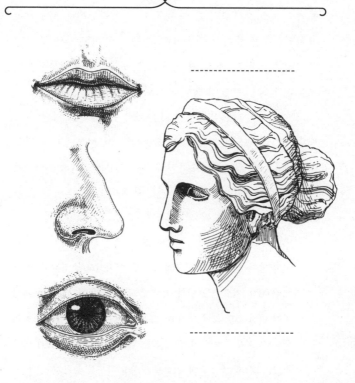

처음 시행된 곳: 인도

시기: 기원전 6세기

아마 여러분은 성형수술이 근래 들어서 급격히 발전한 의학 분야라고 생각하겠지요. 하지만 이미 기원전에 성형수술이 시행되었다는 증거가 있습니다. 기원전 3000년에서 2500년 사이의 고문헌을 베껴 쓴 고대 이집트 필사본에는, 부러진 코를 재건하는 수술에 대해 암시되어 있지요.

그런데 이후에 인도에서 나온 증거는 더욱 오래전에 성형수술이 시행되었음을 알려 줍니다. 기원전 6세기에 인도의 한 의사가 집필한 『수슈루타 상히타(Sushruta Samhita)』에 코 성형수술을 비롯한 수술 과정이 자세히 설명되어 있지요. 한번 살펴볼까요?

먼저 덮어야 하는 코 부분의 크기를 이파리로 측정해야 한다. 그런 뒤에 필요한 크기의 피부 조각을 뺨의 건강한 피부에서 떼어 내서 일단 코에 덮어 두고, 뺨에 작은 혈관 뿌리를 부착해 놓는다. 피부가 이식될 코 부위는 남은 부분을 칼로 벗겨 내야 한다. 그러고 나서 의사는 코에 이식할 피부를 올려놓고, 두 부분을 재빨리 꿰매야 한다. 그리고 피부가 제대로 자리 잡을 수 있도록 피마자유(아주까리 식물) 튜브 두 개를 콧구멍 안으로 밀

어 넣는다. 이렇게 하면 새로운 코가 모양을 잡아 간다.

    저자는 마지막에 상처 부위에 면을 덮고, 깨끗한 참기름을 바르기 전에 감초나 매자나무 열매 같은 것을 바르라고 구체적으로 처방합니다. 또한 귓불을 재건하는 방법에 대해서도 나와 있는데, 뺨 쪽의 피부를 어떻게 활용하는지 설명해 놓았지요. 마취할 때 술을 이용하는 방법, 혈전을 방지하는 데 거머리를 쓰는 법도 적혀 있어요. 이 책은 인도 전통 의학 체계인 '아유르베다(Ayurveda)'의 기초 교재가 되었습니다. 여기 300가지가 넘는 수술 절차에 대한 설명이 담겨 있지요. 이 책은 아랍어로 번역되어 전해져 내려오다가 마침내 르네상스 시대에 유럽으로 전파되기에 이릅니다.

    인도 의학이 성형수술에 끼친 영향은 이게 끝이 아닙니다. 1794년에 발간된《런던 젠틀맨스 매거진(Gentleman's Magazine of London)》은 기사에서 영국 군인들의 성형수술 목격담을 다루었습니다. 전쟁터에서 다친 인도 마라타족 마차 운전사의 코를 바로잡는 성형수술을 보고 깜짝 놀랐다는 내용이었지요. 그 이야기에 고무된 영국의 여러 의사들이 인도의 놀라운 성형수술법을 배우기 위해 인도를 찾았답니다.

해부학에 대한 짤막한 역사 이야기

A Very Brief History of Anatomy

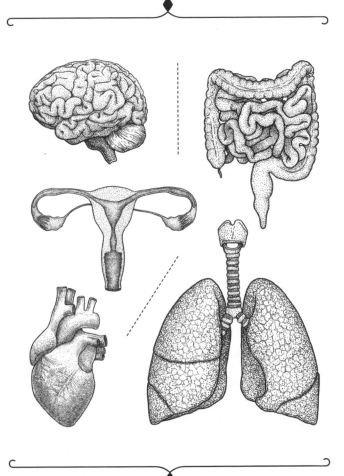

인간의 몸에 대한 탐구는 인신공양이나 처형으로 희생된 시신을 검사하면서 시작되었지요. 자, 해부학의 역사에 대한 이모저모를 알아볼까요?

◆ 기원전 1600년에 만들어진 파피루스 문서에 따르면 고대 이집트인은 이미 심장·비장·신장·자궁·방광에 대해 알고 있었습니다. 또한 혈관이 심장으로 연결된 다는 사실도 알았지요.

◆ 기원전 6세기, 그리스 과학자 알크마이온Alkmaion, 기원전 510?~?은 동물을 해부했는데, 이것이 최초의 과학 해부입니다.

◆ 기원전 5세기에 그리스 철학자 엠페도클레스Empedocles, 기원전 493~433는 심장이 혈액순환과 호흡을 가능하게 하는 곳, 곧 '영혼'의 주요 기관이라고 주장합니다.

◆ 히포크라테스Hippocrates, 기원전 460?~377?의 시기에 이르면, 콩팥의 기능과 심장이 작동하는 원리에 대해 더 많이 알려지게 됩니다.

◆ 기원전 4세기에 프락사고라스라는 그리스 의사가 정

맥과 동맥이 서로 다르다는 사실을 알아냈습니다.

◆ 기원전 3세기에 이집트의 통치자였던 프톨레마이오스 1세는 알렉산드리아에 해부학 학교의 설립을 허가해 줍니다. 당시 대부분의 문화권에서 인체 해부는 금기시되었지만, 이집트의 해부학 학교에서는 시체가 해부되었을 것입니다.

◆ 알렉산드리아의 해부학자 헤로필로스^{Herophilos, 기원전 335~280}는 의식이 심장에 자리한다는 아리스토텔레스의 이론에 반대하고, 사실은 뇌에 있다고 주장합니다.

◆ 중세의 해부학 지식 대부분은 2세기의 그리스 의사 갈레노스^{Galenos, 130?~200?}에게서 나왔습니다. 갈레노스는 치명상을 입은 검투사들뿐만 아니라 동물들까지 연구했지요. 그는 방대한 해부학 지식을 정리해서 스물두 권의 책을 남겼답니다.

◆ 그리스 출신 의사 갈레노스가 살던 시대에 사람들은 공기가 혈액을 옮겨 준다고 믿었습니다. 이에 반하여 갈레노스는 동맥이 혈액을 옮기는 것이라고 올바른 주장을 펼쳤습니다. 하지만 갈레노스의 주장에는 잘못된 부분도 있었습니다. 그는 혈액이 우리 몸을 순환하는 게 아니라 밀물과 썰물처럼 밀려갔다 밀려온다는 잘못된 믿음을 갖고 있었던 것입니다.

◆ 신성로마제국의 황제 프리드리히 2세^{Friedrich II, 1194~1250}

는 막 세워진 대학교의 학생들에게 인체 해부학과 외과 수술을 필수 과목으로 지정했습니다. 해부학자 몬디노^{Mondino, 1270?~1326}는 처음으로 강의하는 도중에 인체를 해부하는 시범을 해 보였습니다.

의료 보장 제도

Socialized Medicine

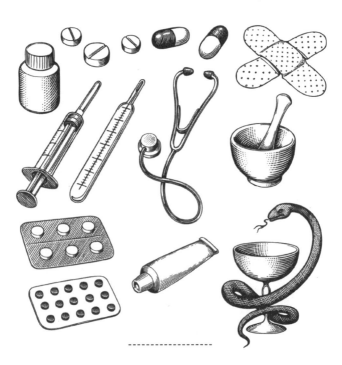

처음 정착된 곳: 그리스

시기: 기원전 4세기

오늘날 많은 나라에서 의료 제도를 둘러싸고 정치적인 논쟁
이 일어나곤 하지요. 우리는 국가가 의료 보장 제도를 마련
한 것이 비교적 최근의 일이라고 생각합니다. 하지만 이 개
념은 기원전 4세기에 이미 등장했습니다. 현대 의학의 기틀
이 잡히던 그때, 히포크라테스는 의사가 해야 할 이상을 다
음처럼 규정했습니다.

"때때로 보수 없이 의술을 펼치고, 과거의 자비가 현재
의 만족임을 기억해야 한다. 그리고 재정적인 궁핍에 빠진
이방인을 도울 여력이 있다면 힘껏 도와주어야 한다."

로마제국 시대에 들어서 부자들은 의사에게 돈을 지불
하고 치료를 받았지만 일반 시민은 지역 시의회에 고용된
공공 외과의들에게 치료를 받았습니다. 이것도 일종의 의
료 보장 제도라고 할 수 있지요. 그렇다고 언제나 최상의 의
료 서비스가 보장되었던 것은 아닙니다. 기원전 220년 무렵
그리스 출신의 의사 아르카가토스는 로마 최초의 공중 보
건 의사로 임명됩니다. 그는 인두와 수술칼을 함께 쓰는 치
료법을 빈번히 사용했습니다. 문제는 그의 수술이 이따금
무모했다는 점입니다. 그리하여 '사람 잡는 의사'라고 불리

며 악명을 떨칩니다. 로마의 정치인 대(大)카토[Cato the Elder, 기원전 234~149]는 그를 두고 '로마인을 학살하려는 그리스인의 음모' 라고 믿을 정도였습니다.

한편 중국인들은 중앙정부가 의사에게 급여를 주는 공공 의료 체계를 구축하면서 사회 의료 보장 제도의 토대를 정립합니다. 기원전 2세기부터 주요 도시에서 공공 의료 제도가 시작되고, 서기 1세기가 되면 나라 전체로 확대됩니다. 의사 양성 과정 또한 생겨났지요. 5세기 들어서는 주요 도시 대부분에 의학 전문학교가 들어서게 된답니다.

의치(義齒)

False Teeth

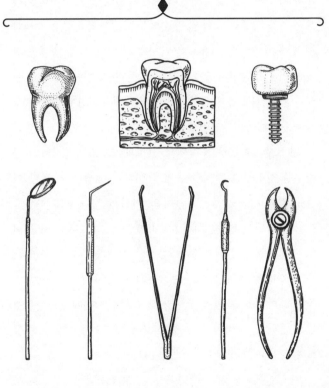

처음 발명된 곳: 에트루리아문명

시기: 기원전 750년

치과 기술은 아주 오래전부터 발전해 왔습니다. 그러나 이집트 문명을 비롯한 초기 많은 문명들은 신체의 일부를 교체하는 일을 종교적인 이유로 금기시했고, 그로 인해 틀니를 만드는 기술이 발전하지 못했습니다. 틀니에 관하여 오늘날 우리가 가진 최초의 확실한 증거는 기원전 750년 무렵 에트루리아문명에서 만들어졌습니다.

에트루리아인은 로마인의 선조로, 고대 이탈리아의 중심부를 장악하고 화려한 문명을 이루어 냈습니다. 또한 이들은 치과 기술을 발전시켰지요. 사람의 치아나 소 이빨을 깎아서 금띠로 만든 틀니에 부착했습니다. 그리고 띠를 핀으로 고정해서 틀니가 흔들리지 않게 했습니다. 당시 틀니를 부끄럽게 여기던 다른 문화권과 달리, 에트루리아 사람들은 오히려 이를 높은 신분의 상징으로 여겨 자랑스러워했던 듯합니다. 금띠가 눈에 잘 띄도록 디자인을 가미한 것을 보면 알 수 있지요.

중앙아메리카의 마야인은 서기 600년 무렵, 의치를 다른 관점에서 발전시켰습니다. 처음으로 미용의 목적으로 치과 기술을 발전시킨 것입니다. 이들은 치아에 작은 구멍을 뚫은 뒤에 작은 보석을 박아 넣고 천연 접착제로 고정했습니다. 박물관에 가면 이렇게 멋진 장식을 한 두개골 유적을 볼 수 있습니다. 또한 마야인은 끝이 뾰족한 도구로 치아에 V 자 패턴과 홈을 파는가 하면, 멀쩡한 치아 세 개를 뽑아내고 장식용 조가비를 넣어 끼우기도 했습니다. 이렇게 한 이유가 겁을 주기 위해서인지 신분을 과시하려 했던 것인지는 확실하지 않습니다. 어찌 되었든 이렇게 치아를 변형함으로써 굉장한 효과를 거두었을 게 분명합니다.

틀니 기술은 16세기 일본에서 완성 단계에 이릅니다. 일본의 장인들은 밀랍을 사용해서 치아 틀을 잡았고, 이 틀에 맞춰 치아 전체를 정교하게 깎아서 끼웠습니다. 원래 나무로 틀니를 만들다가, 시간이 지나면서 사람 치아·상아·납석 등을 쓰기 시작했습니다. 일본인들은 앞선 접착 기술을 사용하여 전체 틀니를 흔들리지 않게 입안에 고정시킬 줄 알았습니다.

마취제

Anaesthetics

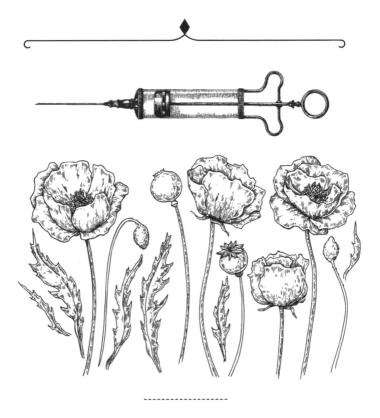

처음 사용된 곳: 수메르

시기: 기원전 4000년 무렵

외과 수술과 관련된 고고학 증거들을 보면, 마취 효과를 지닌 약초들은 수만 년 전부터 세계 곳곳에서 사용되었으리라 짐작됩니다. 또한 아주 이른 시기부터 갖가지 물질들이 마취제로 쓰였다는 역사 기록들이 남아 있지요.

예를 들어, 고대 메소포타미아에서는 알코올을 사용해 통증을 덜었다고 합니다. 또 수메르인들은 기원전 4000년 무렵부터 양귀비를 재배했다고 알려져 있습니다. 수메르 신화에서 여신 니다바(Nidaba)는 어깨에서 양귀비가 자라는 모습으로 등장하곤 합니다. 한편 세계에서 가장 오래된 약 처방전은 기원전 3000년대에 제작된 수메르의 점토판에 적혀 있습니다. 이 문서에는 '기쁨을 주는 식물'이라고 불리던 양귀비가 약으로 처방되었다고 적혀 있지요.

그런가 하면 고대 이집트에서는 수술을 하는 동안에 맨드레이크 뿌리를 빻은 가루가 마취제로 자주 쓰였습니다. 인도와 중국에서는 아주 오래전부터 양귀비를 마취제로 사용했던 듯합니다. 이 지역에서는 대마초와 투구꽃 또한 마취 효과를 지녔다고 알려졌습니다.

치의학에 대한 아주 짤막한 역사

A Very Brief History of Dentistry

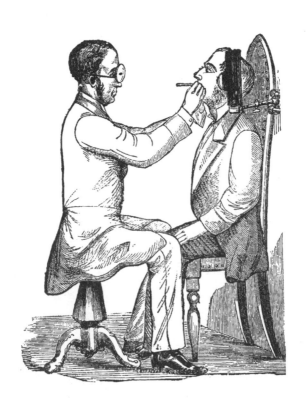

이번에는 치과 의학의 발전에 대한 이모저모를 알아보고자
합니다. 논란이 있기는 하지만, 이미 네안데르탈 문화권에서
치과 도구들이 쓰였다고 주장하는 학자들도 있습니다.

◆ 기원전 14000년 이탈리아에서 최초의 충치가 발견되
    었습니다. 치의학과 관련해 맨 처음 확인된 사례라고
    할 수 있지요. 누군가 살아생전 이 충치를 부싯돌로
    닦아 냈던 것으로 보입니다.
◆ 기원전 7000년 인더스문명에서 발견된 유골에는 작
    은 송곳으로 충치를 제거한 흔적이 있습니다.
◆ 기원전 4500년 무렵의 것으로 추정되는 슬로베니아
    의 유골에서 치아 구멍을 때운 흔적이 발견되었습니
    다. 밀랍으로 만들어진 이것은 가장 오래된 치아 충
    전재라 할 수 있습니다.
◆ 이 시기부터 중세 시대까지 사람들은 치아 벌레가 치
    통을 일으킨다고 믿었습니다. 치아 벌레를 죽이면 치
    통이 줄어들 것이라고 생각했지요.
◆ 이쑤시개는 기원전 3000년 무렵부터 쓰였습니다. 수

메르 유적지에서 이쑤시개 유물이 발견되었지요.

◆ 기원전 2650년 무렵, 고대 이집트에서는 '헤시레'라는 이름의 치과 의사가 명의로 이름을 날렸습니다. 금실로 흔들리는 이를 뽑는 화려한 기술을 가졌지요.

◆ 기원전 1800년에 작성된 함무라비법전은 '눈에는 눈, 이에는 이'라는 원칙으로 유명한데요. 여기에서 '치아를 뽑는 것'을 형벌로 언급했습니다.

◆ 고대 로마의 정치가 대(大)플리니우스는 치아와 관련된 속설을 기록으로 남겼습니다. 이를테면 턱에 개구리를 묶어 두거나, 지렁이를 넣고 올리브유로 끓인 귀약을 바르면 치통이 말끔히 사라진다고 적었습니다.

◆ 약 2,000년 전 고대 로마인은 나뭇개비를 칫솔로 썼습니다. 안타까운 사실은 나뭇개비에 천연 연마제가 포함된 치약을 묻혀서 양치했다는 것입니다. 그 결과 로마인의 치아는 종종 뿌리까지 마모되어 버렸지요.

◆ 중세 시대 들어서 중국의 치과 의사들은 은과 주석으로 만든 충전재를 개발합니다. 반면에 이 시기 서구에서는 양초, 납, 심지어 까마귀 똥처럼 지저분한 물질로 구멍이 뚫린 치아를 때웠다고 하네요.

◆ 서기 1000년 무렵, 털로 만든 칫솔이 드디어 중국에 등장했습니다. 사람들은 이것을 쥐엄나무 열매를 갈아서 만든 치약과 함께 썼지요.

의수와 의족

False Limbs

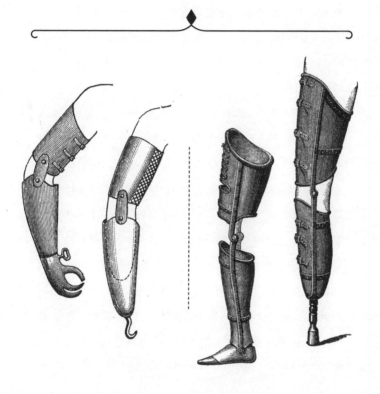

최초의 기록이 쓰인 곳: 그리스
시기: 기원전 5세기

사고나 전쟁으로 잃은 팔다리를 대체하는 장치인 의수와 의족은 언제부터 쓰였을까요? 그 역사는 기원전 1000년대로 거슬러 올라갑니다. 이때 인도와 이집트를 비롯한 여러 문화권에서 의수와 의족이 독자적으로 개발되었지요.

기록상으로 최초의 사례는 '역사의 아버지' 헤로도토스 Herodotos, 기원전 484?~425?의 글에 등장합니다. 그는 그리스의 예언자 헤게시스트라투스의 일화를 기록합니다. 이야기는 이렇습니다. 헤게시스트라투스는 스파르타군에게 생포되어 한쪽 발이 차꼬에 매인 처지가 되었습니다. 이제 그에게는 고문을 당할 일밖에 남아 있지 않았지요. 그는 두려움에 떨다가 자신의 발목을 잘라 내고 엄청난 통증을 참고서는 가까스로 탈출했습니다. 다리를 잃은 헤게시스트라투스는 스파르타에 복수하겠다는 마음뿐이었어요. 그는 직접 나무를 깎아 의족을 만들었고, 기원전 479년에 벌어진 플라테아 전투에 참가하기에 이릅니다. 불행하게도 그는 자신의 굳은 결심과 적대감 때문에 목숨을 잃게 됩니다. 헤게시스트라투스는 다시 스파르타인에게 붙잡혔고, 결국 처형되었지요.

한편 이탈리아 카풀라(Capula) 무덤 유적에서도 놀라울 만큼 정교하게 만들어진 의족이 발견되었는데, 이는 기원전 300년에 제작된 것으로 추정됩니다. 이 의족의 종아리 부분은 나무로 만들어졌고, 발은 얇은 청동 판과 철 핀으로 고정되었습니다. 또 허벅지의 남은 부분을 지탱할 수 있도록 윗면이 오목하게 다듬어져 있었습니다.

그런가 하면 대(大)플리니우스가 쓴 『박물지』를 보면, 기원전 218년에 일어난 제2차 포에니전쟁에 참전했던 세르기우스 실루스라는 장군의 이야기가 나옵니다. 그는 전쟁을 치르며 스물세 번이나 부상을 당해 불구가 되었습니다. 이런 상황에서도 세르기우스는 전투 중에 잃어버린 오른손을 대신하기 위해 쇠로 만든 의수를 끼우고 마지막 전투에 참가했다고 합니다. 이 때문에 세르기우스 장군은 가장 용감한 사람으로 불렸습니다.

문신
Tattoos

문신과 관련된 최초의 기록이 나온 곳: 이탈리아-오스트리아 국경
시기: 기원전 3200년

문신은 유구한 전통을 갖고 있습니다. 지금으로부터 5만 년 전에서 1만 년 전 사이, 후기 구석기시대까지 거슬러 올라가지요. 그러나 문신에 대한 최초의 증거는 기원전 3200년 무렵에 살았던 아이스맨 외치(알프스에서 발견된 신석기인 미라: 옮긴이)의 피부에서 찾을 수 있습니다.

그런가 하면 문신이 있는 또 다른 미라들이 그린란드, 몽골, 필리핀, 안데스산맥 등 전 세계 곳곳에서 발견되었어요. 이집트 여러 지역에서도 문신을 한 미라가 발굴되었습니다. 그중에서 이집트 제11왕조 시기(기원전 2134~1991년)에 만들어진, 테베의 여신 하토르의 여사제였던 아무네트(Amunet) 미라의 문신은 보존이 가장 잘되어 있습니다.

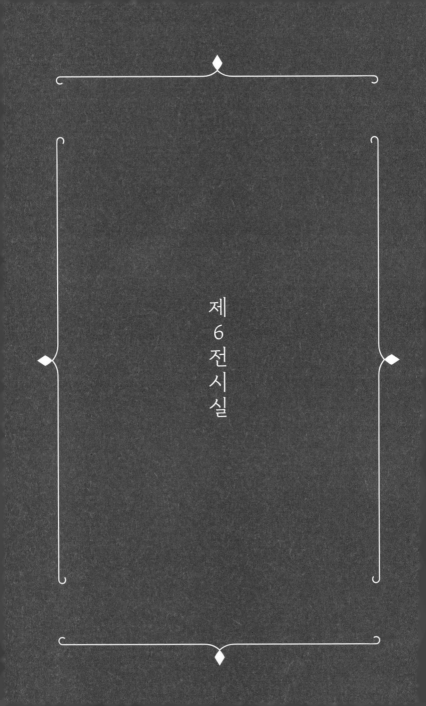

제
6
전
시
실

－
과
학
기
술
－

자력

Magnetism

자석이 나침반으로 처음 이용된 곳: 중국
시기: 서기 11세기 무렵

그리스 전설에 따르면, '자석'을 뜻하는 '마그넷(magnet)'은 소아시아 마그네시아(Magnesia, 오늘날 터키의 에게해 연안)에 살았던 마그네스(Magnes)라는 양치기의 이름에서 따왔다고 합니다. 마그네스는 자신이 신은 샌들의 버클이 특정 바위에만 자꾸 들러붙는다는 사실을 발견했으며, 실험을 통해 다른 금속도 달라붙는다는 사실을 알아냈다고 합니다. 그는 땅을 파내서 이것이 마그네타이트(magnetite)라는 광물이 포함된 자철석 때문임을 밝혀냈다고 하지요. 이런 이야기를 바탕으로 자석에 '마그넷'이라는 이름이 붙은 것이랍니다.

자석은 점차 전 세계로 퍼져 나갔습니다. 실생활에서 쓰였을 뿐만 아니라 마술 도구로도 활용되었지요. 서기 1세기, 로마의 대(大)플리니우스는 마법처럼 철을 끌어당기는 돌이 있다는 인더스강 근처의 언덕에 관한 기록을 남겼습니다. 당시에는 전체가 자석으로 이뤄진 섬이 있다는 미신이 뱃사람들 사이에서 널리 퍼져 있었다고 합니다. 자석 섬이 근처를 지나가는 배의 쇠못을 끌어당겨서 배를 난파시킨다는 말이 돌았지요. 심지어 어떤 이들은 자석에 아픈 사람을 낫게 하고 악령을 퇴치하는 힘이 있다고 믿기도 했습니다.

자석을 항해에 응용하는 방법을 알아낸 것은 몇 세기가 지난 뒤의 일입니다. 중국인들은 11세기 무렵부터 자석을 이용한 액체 나침반을 사용했습니다. 1405년과 1433년 사이에는 항해가로 유명한 중국의 장군 정화郑和, 1371?~1433?가 자석 바늘 나침반을 이용하여 드넓은 바다를 항해한 적이 있습니다. 한편 기록에 따르면 유럽에서 자석이 항해 도구로 가장 먼저 쓰인 때는 12세기였어요. 이때 유럽에서는 나침반을 로드스톤(lodestone)이라고 불렀습니다. (앵글로색슨에서는 'leading stone', 아이슬란드에서는 'leider-stein'이라고 불렀지요.)

오늘날 우리는 지구 자체가 두 개의 자극을 가진 거대한 자석임을 알고 있습니다. 이 사실은 1600년에 영국 과학자 윌리엄 길버트William Gilbert, 1544~1603가 확인했지요. 전기와 자기의 관련성에 대해서는 1820년 덴마크 물리학자 한스 크리스티안 외르스테드Hans Christian Øersted, 1777~1851가 처음으로 밝혀냈습니다.

염료

Pigment

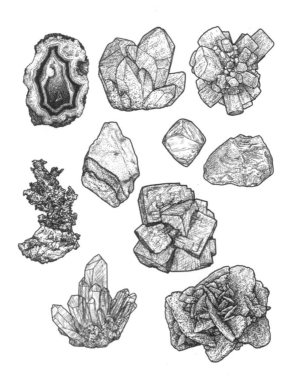

가장 오래된 유물이 있는 곳: 잠비아

시기: 35만 년 전

물감을 만드는 기초 성분인 색소는 수천 년에 걸쳐 인류에 의해 발견되었습니다. 비교적 최근이라 할 수 있는 15세기에도 파란색 안료를 만드는 데 쓰이는 청금석을 찾기가 매우 어려웠습니다. 네덜란드의 위대한 화가 얀 반 에이크^{Jan van Eyck, 1395?~1441}는 파란색 물감을 구하는 것이 어려워서 그림을 주문한 사람이 추가 비용을 낼 때만 초상화에 파란색을 포함시켰다고 합니다. 또한 되도록 아주 소량만을 썼고, 다른 색들과 섞이지 않도록 파란색을 두드러지게 했습니다. 그런가 하면 그는 그림에서 성모 마리아에게 파란색 옷을 입혀서 전통적으로 고귀한 신분임을 강조하기도 했지요.

청금석은 늦어도 6,500년 전에는 쓰이고 있었는데, 메소포타미아, 이집트, 중국의 초기 문명에서는 이를 아주 귀중하게 여겼지요. 아프가니스탄의 산악 지대에 위치한 역사 유적인 바다흐샨(Badakhshān)에는 아직도 청금석을 캐내던 광산이 남아 있습니다. 이곳은 늦어도 기원전 700년부터 존재했을 것으로 추정됩니다. 당시에는 고대 그리스인이 세운 박트리아(Bactria)라는 왕국의 일부였습니다.

보라색도 마찬가지로 예전에는 매우 비싼 색이었어요.

고대의 귀중한 염료 티리언 퍼플(Tyrian Purple)이 보라색을 냈는데, 이는 뿔고둥의 점액으로 만드는 것이었지요. 티리언 퍼플은 기원전 1200년 무렵부터 옷감을 물들이는 데 사용되었어요. 한편 선사시대부터 쓰이기 시작한 녹색 염료도 마찬가지로 귀한 대접을 받았어요. 이때 녹색 염료는 주로 '셀라도나이트(celadonite)'나 '해록석(glauconite)'이라는 원석에서 추출하여 만들었습니다.

이와 달리 이른 시기부터 흔하게 쓸 수 있던 색깔도 몇 가지 있었습니다. 검은색은 불에 탄 뼈나 나무로 만들 수 있었고, 노란색과 붉은색은 산화철에서 얻을 수 있었지요. 철과 산화망간으로는 다양한 갈색을 만들어 낼 수 있었습니다. 흰색은 동물의 뼈나 '백악(白堊)'이라는 백색의 석회질 암석에서 구했고요. 이 모든 염료는 사람의 피부나 동굴 벽에 색을 입히는 데 쓰였습니다. 사람들은 이것들을 직접 몸에 바르거나 동물성 지방과 혼합하여 원시적인 형태의 페인트를 만들어 썼습니다. 이 물감들로 그려진 그림에 관한 가장 오래된 유물은 늦어도 기원전 35만 년 전에 만들어진 것입니다. 오늘날의 잠비아 루사카 부근의 '트윈 리버스(Twin Rivers)'라는 동굴에서 페인트와 염료를 잘게 가는 도구가 고고학자들에 의해 발견되었지요.

대수학

Algebra

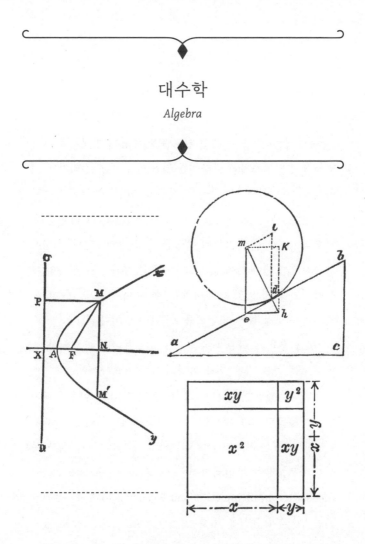

처음 발명된 곳: 페르시아

시기: 서기 830년

'대수학(algebra)'은 수 대신 기호를 쓰는 등의 방식으로 수학 법칙을 간단명료하게 나타내는 것을 말합니다. 우리가 당연하게 여기는 수학 문제 풀이 방식인 방정식도 대수학에 속하지요. 그런데 고대 그리스와 인도 수학자들 역시 아주 오래 전부터 대수학을 이용하여 복잡한 문제를 풀었던 듯합니다. 그렇지 않고서야 파이 값과 2의 제곱근 따위를 꽤 정확히 계산하기가 쉽지 않았을 테니까요. 물론 이때 쓰인 대수학은 지금과는 달리 훨씬 더 번거롭고 복잡했습니다.

지금 우리가 아는 대수학은 9세기 들어서 페르시아 수학자 무함마드 이븐 무사 알콰리즈미Muhammad ibn Mūsā al-Khwārizmī, 780?~850?가 창안했습니다. 그가 쓴 수학책의 이름은 『키탑 알-무크타샤르 피 히삽 알-자브르 왈-무카발라(Kitāb al-mukhtasar fī hisāb al-ğabr wal-muqābala)』입니다. 길고 복잡하지요? 영어로 번역하면 'The Compendious Book on Calculation by Completion and Balancing' 정도로, 우리말로는 '완벽과 균형을 이루는 계산을 위한 모든 것을 담은 책'이 되겠네요. 여기서 '알-자브르'는 방정식에서 한쪽의 항을 다른 쪽으로 옮기는 방법을 뜻해요. '무카발라'는 양쪽

의 값들을 같은 양만큼 덜어내서 정리하는 방법을 가리키고
요. 알콰리즈미의 이런 개념이 유럽 전역과 유럽 부근의 아
시아, 중국에 전파되면서 수학의 이해와 풀이 방식에 조금
씩 변화가 생기기 시작했답니다.

원자

Atom

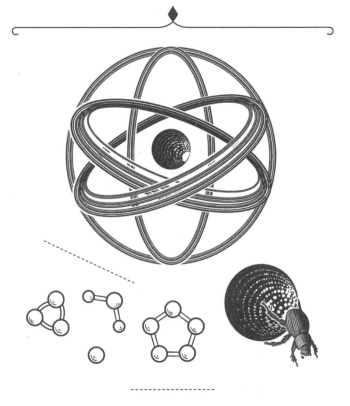

처음 설명된 곳: 고대 그리스

시기: 기원전 5세기

오늘날의 원자 개념은 19세기 영국의 화학자이자 물리학자 존 돌턴[John Dalton, 1766~1844]이 고안한 것입니다. 그는 우주 안의 만물이 기본적이고 더 이상 쪼개질 수 없는 요소인 원자로 이루어졌다고 주장했지요. 돌턴의 이론은 어느 정도 맞는 말입니다. 하지만 여러분도 알듯이 원자는 양성자, 중성자, 쿼크처럼 더 작은 입자로 쪼개질 수 있다는 것이 밝혀졌지요. 그런데 사실 위대한 발견으로 꼽히던 존 돌턴의 원자 이론은 고대 철학을 발전시킨 것이라고 할 수 있습니다. 지금으로부터 2,000년 전쯤 이미 인도와 중국의 사상가들은 세상 모든 것이 더 이상 쪼갤 수 없는 물질로 이루어졌다고 설명한 바 있거든요.

그뿐만 아니라 소크라테스보다 앞선 고대 그리스 철학자 중에서도 원자의 개념을 주장한 학자가 있었으니, 바로 데모크리토스[Democritos, 기원전 460?~370?]입니다. 데모크리토스는 물질이 더 이상 쪼개질 수 없는 작은 입자로 구성되었다고 생각했으며, 이 입자에 '원자(atom)'라는 이름을 붙였지요. 한편 비슷한 시기에 인도의 자이나교(jain, 기원전 6세기에 인도에서 마하비라가 창시한 종교: 옮긴이)에서도 세계가 원자로 이루어졌다는 논리를 내놓았습니다. 원자들이 상호작용하여 우주를 구성하는 물질을 빚어낸다는 복잡한 사상이었지요. 원자에 대한 이 두 고대의 이론들은 현대 이론과는 다르지만, 기본적인 개념은 꽤나 비슷합니다. 물론 세부 내용들까지 다 맞아떨어진다고 볼 수는 없지만요.

셈법
Counting

Yupana, Inca Empire

Roman abacus

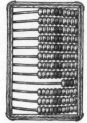

Schoty, Russian

Suanpan, Chinese

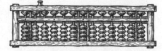

Soroban, Japan

가장 오래된 유물이 있는 곳: 아프리카

시기: 4만~5만 년 전

아주 오래전에 인류는 두 팔과 열 손가락만으로 웬만한 셈을 다 할 수 있었을 겁니다. 적은 수라면 손가락을 썼을 것이고, 그보다 더 많은 수를 표현할 때는 팔을 벌린 제스처만 취하면 대부분의 상황에서 충분했을 테니까요.

그러다 더욱 복잡한 계산이 필요해진 인류는 계산 도구를 만들어 활용했습니다. 최초의 계산 도구로는 4만~5만 년 전에 고안된 탤리(tally)가 있습니다. 남아프리카의 르봄보산에서 개코원숭이 종아리뼈에 눈금 29개를 표시한 유물이 발견되었는데, 이것이 바로 탤리지요. 오늘날 탤리와 비슷한 표시가 있는 뼈들과 도구들이 곳곳에서 발견되고 있습니다. 누군가는 탤리가 달의 주기를 기록하는 데 사용되었다고 해석하기도 하는데, 명확한 근거는 없습니다.

그런가 하면 이란의 수메르 시기 이전 유적에서, 숫자를 기입한 장부가 출토되었습니다. 수메르인은 수를 나타내기 위해 일종의 물표(物標, 물건을 보내거나 맡긴 일의 증거로 삼는 표지: 옮긴이)를 이용했지요. 양 한 마리, 열 마리, 염소 열 마리 등을 나타내는 상징을 점토로 만들어서 화폐 대용으로 사용한 것입니다. 특이한 점은 물표에 적힌 모든 숫자가 사물과 묶여서 쓰였다는 점입니다. 예를 들어, 오늘날 우리는 '양 한 마리'라고 하면, 양과 1, 마리라는 단위를 모두 분리하여 생각합니다. 그런데 수메르인이 만약 '양 한 마리'를 네모난 물표로 표현하기로 했다면, 이 네모난 물표는 오직 '양 한 마리'만을 가리키는 식이었지요. 수메르인은 이 물표를 점토 주머니에 넣어 봉인하고는 바깥에 위조를 방지하기 위한 표식을 해 두었습니다. 아무나 물표에 손대지 못하게 하기 위해서였지요.

뒤이어 수메르문명에 들어서 셈법이 획기적으로 발전했습니다. 수메르인들이 숫자를 적는 갖가지 방법을 고민하고 활용하면서 산술이 탄생했던 듯합니다. 특히 기원전 3200년경부터 수메르인은 쐐기문자를 만들어 썼답니다.

지진계

Seismoscope

처음 사용된 곳: 중국

시기: 서기 2세기

지진계는 땅의 미세한 떨림을 감지하여 먼 곳에서 일어난 지진과 화산활동을 예측하는 과학 장비입니다. 놀랍게도 서기 2세기 중국에서 세계 최초의 지진계가 만들어졌습니다. 후한 시대의 과학 사상가 장형의 지동의(地動儀)가 바로 그것입니다. 이 지진계의 정확한 이름은 후풍지동의(候風地動儀)입니다. '8방위(동서남북 4방위를 8방위로 세분화함: 옮긴이)에서 땅의 움직임을 알아내는 도구'라는 뜻입니다. 장형은 지진이 변덕스러운 공기의 흐름 때문에 발생한다며 다음과 같은 이론을 세웠지요.

공기가 떨리지 않고 허공에 도사리고 있는 한, 그것은 천진스레 쉬면서 그 주변의 물체들을 수고롭게 하지 않는다. 하지만 외부에서 갑자기 어떤 원인이 찾아와서 그것을 깨우거나 눌러서 좁은 곳으로 밀어내면 … 그리고 빠져나갈 곳이 차단되면 산의 깊은 웅얼거림이 장벽 둘레를 울리는 포효가 되면서 오랫동안 세차게 밀쳐 내다가 튕겨져서 높이 솟아오르고, 장애가 강해질수록 더욱 맹렬해지는데 …

장형의 지진계를 자세히 살펴볼까요? 땅이 지진 때문에 흔들리면 용머리 모양을 한 튜브 8개 중 하나에서 청동구슬이 떨어지게 됩니다. 그런 뒤에 구슬은 금속 두꺼비의 입속으로 떨어지고, 그 위치로 지진파의 방향을 알 수 있었다고 합니다.

하지만 이 지동의에 대한 확실한 역사적 기록이나 실물이 남아 있지 않기 때문에 작동 원리를 정확히는 알 수 없습니다. 오늘날 과학자들이 복원해서 만든 모형이 있기는 하지만, 이는 당시에 언급된 몇 구절을 토대로 만든 것입니다. 여기에는 현대 과학자들의 해석이 많이 개입될 수밖에 없지요. 하지만 많은 과학자들은 장형의 지동의가 근대의 지진계와 비슷한 기술을 사용했으리라 추측합니다.

장형이 죽은 뒤로 지진계의 개발은 더 이상 진전되지 않았습니다. 한참 시간이 흘러 1783년이 되어서야 스키안타렐리라는 이름의 이탈리아 과학자가 간단한 지진계를 고안해 냅니다. 그는 이것을 활용해서 칼라브리아 대지진(1783년 이탈리아 남부 칼라브리아에서 발생한 지진으로, 5만여 명이 희생되었다: 옮긴이)을 예측해 냈습니다.

'중국의 다빈치' 장형

잠깐 장형의 활약을 기리는 시간을 가져 봅시다. 장형은 수학·과학·공학·지도 제작·미술과 시를 비롯한 온갖 분야를 넘나들며 전문성을 발휘했습니다. 그리하여 고대 중국의 레오나르도 다빈치라고도 불리게 되었지요.

처음에 장형은 궁중의 하급 관리로 시작했지만 나중에는 태사령이라는 높은 벼슬에 올라 천문 관측을 총괄하게 되었습니다. 그는 지동의뿐만 아니라 수력으로 움직이는 혼천의(천문 관측기구)를 만들어 냈고, 원주율을 계산했고, 2,500개가 넘는 별들을 기록했습니다. 또한 달에 대해 앞선 설명을 내놓았지요. 달의 '어두운 면'의 실체를 비롯해, 월식과 일식이 나타나는 이유가 달의 모양이 둥그렇기 때문임을 일찌감치 입증했던 것입니다. 이 모든 것으로 충분하지 못했는지, 장형은 당대 유명한 시인이기도 했습니다. 그의 시는 사후에도 한참 동안 후손들에게 사랑받았답니다.

지진을 감지하는 장형의 지진계를 현대에 복원한 모형

별자리표
Star Chart

자세한 별자리표가 만들어진 곳: 바빌로니아, 고대 이집트
시기: 기원전 2000년 무렵

처음에 인류는 해와 달의 움직임을 이해하려고 노력했을 뿐
아니라, 별의 아름다움에 매료되기도 했습니다. 별을 소중한
존재로 여긴 나머지 때때로 신적인 존재로까지 여기기도 했
지요.

지금까지 전해지는 가장 오래된 별자리표는 매머드 엄
니에 새겨진 것으로, 독일에서 발견되었습니다. 이 매머드
엄니에 새겨진 별자리는 오리온 별자리와 닮아 있습니다.
물론 논쟁의 여지가 있지만요!

그런가 하면 프랑스 라스코동굴에는 약 120개의 별로
구성된 황소자리의 플레이아데스성단을 나타낸 암각화가
있습니다. 이 선명한 암각화는 3만 3,000년에서 1만 년 전
사이에 그려진 것으로 추정되지요. 또한 라스코동굴에는 들
소, 새 머리를 한 남자와 새 머리를 그린 그림이 있습니다.
이것은 여름철 북반구의 밤하늘에서 빛나는 밝은 별 세 개,
곧 견우성 알타이르(Altair), 백조자리 데네브(Deneb), 직녀
성 베가(Vega)를 그린 것으로 보입니다.

그 뒤로, 기원전 2000년 무렵 바빌로니아와 고대 이집
트 시기부터 더욱 자세한 별자리표들이 만들어지기 시작했

습니다. 지난 천 년 동안 쌓인 지식들이 바탕이 되었던 듯합니다.

라스코동굴의 암각화에는 들소, 새 머리를 한 남자,
새 머리가 그려져 있는데, 이는 곧 세 개의 별자리, 즉 알타이르, 데네브,
베가를 나타낸다.

지도 제작
Mapmaking

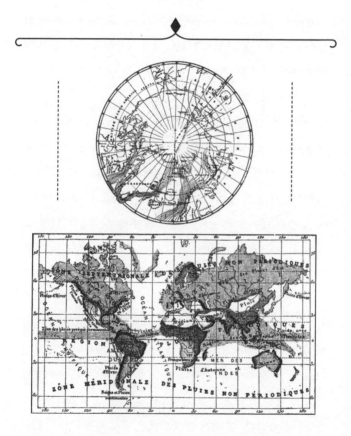

처음 지도가 그려진 시기: 선사시대

인류는 하늘의 배치도를 묘사하는 한편으로, 자신들과 더 가까운 주변 환경을 그림으로 나타내기 시작했습니다. 산과 강 같은 주변 경관을 나타내는 동굴 그림과 바위 조각 몇 가지가 오늘날까지 전해집니다.

예를 들어, 체코의 파블로프(Pavlov) 유적지에서는 근처 경관의 특징을 잡아낸 이미지가 발견되었습니다. 비슷한 유형의 원시적인 지도가 에스파냐 나바르(Navarr) 지역의 1만 6,000년 된 사암 덩어리에 나타나 있었지요. 우크라이나에서 발견된 매머드 엄니의 파편에도 주변 지역을 나타낸 그림이 있습니다. 여기에는 강 옆으로 줄지은 집들을 비롯해 개울 지도가 그려져 있었지요.

고대 바빌로니아 시기에 이르러서는 정확한 지도를 만들기 위해 첨단 측량 기법을 사용하는 경지에 이릅니다. 사실 이는 땅을 경계로 나누고 그 소유자를 기록하는 용도였다고 할 수 있습니다. 그런가 하면 세계에서 가장 오래되었다고 알려진 지도 또한 기원전 600년 무렵 바빌로니아에서 만들어졌습니다. 이 점토판 지도에는 당시 사람들이 믿었던 세계관이 고스란히 담겨 있지요. 바빌로니아 사람들은 세계가 평편한 대지와 바다로 이루어졌다고 믿었어요. 그래서 두 개의 동심원을 그린 뒤 안쪽 원에는 수도 바빌론을 나타내고, 바깥쪽 원에는 대지를 둘러싸고 있는 유프라테스강을 나타냈답니다.

살충제
Pesticides

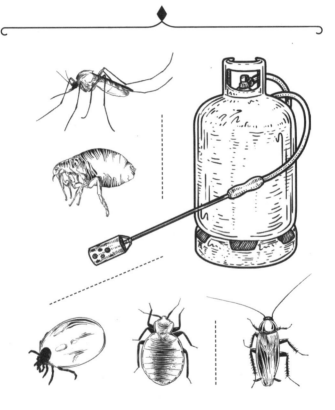

최초의 기록이 발견된 곳: 수메르(오늘날 이라크 남부)
시기: 기원전 2500년경

지금으로부터 1만여 년 전, 막 농사를 짓기 시작한 인류는 농작물을 망치는 해충을 어떻게 막을지를 두고 고민에 빠졌습니다. 그러다 인류는 마침내 살충제를 만들어 쓰기에 이릅니다.

살충제에 관한 최초의 기록은 기원전 2500년경 고대 수메르인들이 남겼습니다. 수메르인들은 유황 가루를 뿌려서 병충해 문제를 해결했지요. 그런가 하면 중국인들은 몸에 기생하는 이를 떨어내기 위해서 수은과 비소를 섞은 화합물을 뿌리곤 했습니다.

초기 로마와 그리스 시대에 들어서는 별의별 방법이 사용되었다는 증거들이 속속 나오고 있습니다. 이 중 몇몇은 지금 보면 실제로는 도움이 안 되는 마법이나 민속 설화에 불과하지만, 오늘날 우리가 알고 있는 방법들이 더러 있기도 합니다. 짚풀이나 동물성 재료를 태우면 발생하는 연기를 이용해서 흰곰팡이, 병충해, 벌레들을 예방하는 방법도 그중 하나입니다. 또한 타르 같은 끈적끈적한 물질로 작물의 줄기와 나무 몸통을 기어 다니는 벌레들을 꼼짝 못하게 했지요. 소금은 잡초를 제거하는 데 쓰였고, 국화과의 피레

트룸 같은 식물을 가루로 만들어서 곡식 창고를 지켜 내기도 했답니다.

작물의 씨앗에 보호막을 입히는 방법이나 제초제, 쥐약에 대한 기록들은 어마어마하게 많습니다. 옛사람들은 흙·초목·야생동물에서 얻을 수 있는 화학물질과 광물로 이것들을 만들어 냈지요. 그중 다수가 고대 그리스 로마 시대보다 수 세기 전부터 쓰였던 것으로 보입니다.

카메라옵스큐라

Camera Obscura

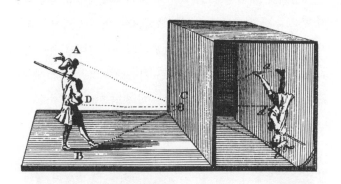

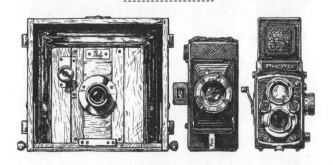

처음 설명된 곳: 중국

시기: 기원전 4세기

카메라옵스큐라(cameraobscura)는 원래 라틴어로 '어두운 방'을 뜻합니다. 카메라옵스큐라는 어두운 방의 벽이나 지붕 등에 작은 구멍을 뚫어서 그 반대쪽의 밝은 벽면에 영상을 투사하는 장치예요. 빛줄기가 구멍을 통과하여 반대편 벽에 상이 맺히는 방식인데, 이때 영상은 거꾸로 보입니다. 르네상스 시대 화가 레오나르도 다빈치는 이 원리를 이용해서 원근법을 더 정확하게 나타낼 수 있었다고 해요.

그런데 이 기술이 구석기시대부터 알려져 있었다고 주장하는 학자들이 있습니다. 어떤 벽화를 보면 동물의 형태가 거꾸로 그려져 있어요. 이를 두고 구석기인이 동굴 벽면에 불안정하게 투사된 형태를 따라서 그렸을 가능성이 있다는 겁니다. 한편 신석기시대에 만들어진 몇몇 구조물에는 작은 구멍들이 뚫려 있는 것을 볼 수 있는데요. 신석기인이 태양의 모습을 투사하려는 종교적 욕망을 담아서 일부러 구멍을 낸 것일지도 모릅니다.

기원전 1000년대 초반, 중국에서는 해시계가 쓰이고 있었어요. 이 해시계는 작은 구멍을 뚫고 그 구멍 안으로 태양빛을 통과시켜, 아래에 드리워진 그림자의 길이를 측정하는 방식을 썼습니다. 사람들은 그림자의 길이로 시간의 경과를 더욱 정확히 알 수 있게 되었지요.

하지만 기원전 4세기에 들어서야 카메라옵스큐라를 분명하게 가리키는 기록이 나옵니다. 중국의 전국시대 사상가 묵자墨子, 기원전 480?~381?는 작은 구멍을 통과하여 맺힌 상이 뒤집어져서 보인다고 기록한 바 있습니다. 카메라옵스큐라의 원리를 정확하게 이해하고 있던 것이지요. 고대 그리스인도 이 원리를 활용할 줄 알았던 듯합니다. 아리스토텔레스가 카메라옵스큐라의 원리를 알고 있었다는 기록이 있지요. 그는 벽면에 뚫린 작은 구멍으로 들어온 빛에 의해 맞은쪽 벽면에 바깥 풍경이 거꾸로 비쳤다고 적었습니다. 그러나 이외에 11세기까지 서양에서 카메라옵스큐라에 대해 언급한 기록은 찾을 수 없습니다. 이는 중국이 서구보다 한참 앞서 있던 또 하나의 사례라고 할 수 있습니다.

카메라옵스큐라 안에 이미지가 투사되는 방식을 나타낸 그림

숫자 영(0)

Number Zero

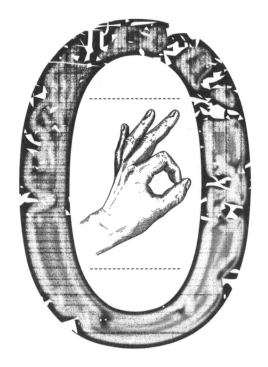

처음 쓰인 곳: 인도

시기: 5세기 무렵

숫자 영(0)은 정말 없어서는 안 될 개념입니다. 미적분학이나 대수학을 할 때나 큰 수를 표현할 때, 그리고 일상생활에서 계산을 할 때도 0은 반드시 필요하지요. 하지만 0이 실제로 쓰이기 시작한 것은 수학의 역사에서 비교적 최근의 일입니다.

기원전 3000년대 초반, 바빌로니아와 수메르 시기의 어느 때에 자릿수 개념이 숫자 체계에 도입되기 시작합니다. 자릿수 개념이란 위치에 따라 그 수의 값이 결정되는 것을 말합니다. 예를 들면, '12'와 같은 두 자리 수에서는 2보다 앞의 1이 값이 더 큰 것처럼 말이에요. 그런데 만약 '0'이 없다고 생각해 봐요. 어떻게 '12'와 '120', '102'를 구분할까요? 0이 없으면 매우 난감한 상황이 벌어집니다. 이런 상황에서도 바빌로니아인들은 오랜 시간 동안 '0'을 표기하는 대신, 문맥을 통해 이 숫자들이 다르다는 것을 나타냈습니다. 기원전 300년경에 들어서 빈자리를 나타내는 부호를 활용하지만, 여전히 0은 쓰이지 않았습니다.

0은 서기 5세기 무렵이 되어서야 인도의 수학자들에 의해 쓰이기 시작합니다. 이때부터 숫자 체계에서 0이 자릿값을 나타내는 수로 활용되었습니다. 7세기에 인도의 수학자 브라마굽타는 자신의 책에 0을 활용한 산술 법칙을 정리해 적었습니다. 0을 더하고, 빼고, 곱하는 방법에 대해 이야기 했지요. 그러나 브라마굽타조차도 0으로 나누는 개념에 대해서는 어려워했습니다. 한편 브라마굽타는 숫자 밑에 점을 찍어 '0'의 개념을 나타냈고, 이것을 아라비아인이 숫자 '0'으로 표기했답니다.

오늘날 0이 없는 세상을 상상할 수 있을까요? 0이 도입되면서 커다란 숫자를 표시하고 상상하기가 훨씬 더 쉬워졌습니다. 그리스와 로마식 숫자 표기법으로 '백만' 같은 큰 수를 표기하는 것은 생각만 해도 피곤한 일입니다. 0은 계산 방식을 획기적으로 바꾸었고, 오늘날 우리가 학교에서 배우는 산수의 주춧돌을 놓았답니다.

안경과 망원경

Optical Devices and Telescope

원리가 처음 설명된 곳 : 페르시아

시기 : 10세기

이번에는 안경과 망원경의 역사를 살펴봅시다. 선사시대 이누이트들이 제일 먼저 안경 비슷한 물건을 사용했다고 알려져 있습니다. 그들은 태양으로부터 눈을 보호하기 위해, 판판한 바다코끼리 상아에 가늘고 긴 홈을 파서 선글라스로 썼답니다.

하지만 안경의 진정한 역사는 기원전 2000년 이후 유리가 만들어지면서 시작되었습니다. 이제 사람들은 가운데가 볼록한 유리를 통해 바라보면 세상이 왜곡되어 보인다는 사실을 알게 되었습니다. 렌즈로 쓰인 듯한 고대 유물들도 남아 있지요. 하지만 이것들은 사물을 크게 보이게 하는 렌즈라기보다는, 태양열을 모아서 불을 피우는 용도로 쓰였을 가능성이 큽니다. 고대 그리스 극작가 아리스토파네스Aristophanes, 기원전 445?~385?는 자신의 희곡에서 "불씨를 피우는 아름답고 투명한 돌"에 대해 언급한 적이 있지요.

시간이 흘러, 로마 시대가 되면 확대경 렌즈가 비교적널리 쓰이게 됩니다. 1세기에 로마 제5대 황제인 네로는 광채가 도는 에메랄드를 자신의 눈앞에 대서 검투사들의 싸움을 더욱 또렷이 보았다고 합니다. 네로 황제의 가정교사였던 세네카는 커다란 유리 사발을 대고 글을 확대하여 읽었다고 전해집니다.

렌즈가 과학적인 발전을 이루게 된 것은 오랜 시간이 지나고 서기 10세기의 일입니다. 984년에 페르시아 과학자 이븐 사흘은 자신의 논문에서, 볼록한 거울과 렌즈를 통해 빛줄기를 구부리고 모으는 방식을 설명했습니다. 그는 빛의 굴절 원리에 대해서도 적었습니다. 굴절의 법칙은 오늘날 '스넬의 법칙'으로 불리지요. 1621년 네덜란드인 스넬이 발견했다고 해서 붙은 이름입니다. 하지만 엄밀히 따지자면 '이븐 사흘의 법칙'이라고 불러야 옳지 않을까 생각해 봅니다.

이어서 11세기에 베네치아에서는 독서용 구슬이 만들어집니다. 이 구슬은 바닥이 평편하고 볼록한 구로 되어 있어요. 사람들은 이 구를 책 위에 올려놓고 확대경으로 썼습니다. 물론 이때까지도 아직 개인을 위한 맞춤용 안경은 만들어지지 않았습니다. 12세기에 중국 재판관들이 연수정으로 만든 선글라스를 쓰기는 했지만 쓰임은 달랐습니다. 이 선글라스는 재판을 참관하는 사람들에게 재판관의 얼굴 표정을 가리기 위한 용도였지요.

개인의 시력을 교정해 주는 안경은 13세기 말 유럽에서 처음으로 개발되었습니다. 이탈리아 화가 토마소 다 모데나 Tommaso da Modena, 1325?~1379?가 1352년경 성당 벽에 그린 초상화를 보면 안경을 쓴 사람의 모습이 최초로 등장합니다. 바로 도미니크수도회의 수도사들입니다. 그들은 책상에 앉아 집중해서 무언가를 적고 있는데, 코에 안경을 걸치고 있습니다. 한쪽 눈에만 대고 보는 외알 안경과 콧등에 걸치는 코안경(프랑스어로 '팽스네pince-nez')이 보입니다.

17세기 초에 들어서 광학기구는 또 한 번 엄청난 발전을 이룹니다. 1608년에 네덜란드의 안경 기술자 한스 리퍼세이Hans Lippershey, 1570~1619가 망원경을 발명하고 특허를 신청한 것입니다. 이듬해에 갈릴레오 갈릴레이Galileo Galilei, 1564~1642가 그 망원경의 존재를 우연히 알게 되고, 이를 개조하여 밤하늘을 연구하는 데 썼다고 합니다. 이런 까닭에 갈릴레오 갈릴레이가 망원경을 발명한 사람으로 언급되곤 하는 것이지요.

1611년이 되면 독일의 천문학자 요하네스 케플러Johannes Kepler, 1571~1630가 렌즈를 여러 개 조립하여 더욱 성능이 뛰어난 망원경을 만듭니다. 이 렌즈를 통해 천문학자들은 달과 화성 등 지구에서 가까운 천체들을 더욱 자세히 관찰할 수 있게 되었습니다.

장거리 통신에 관한 짤막한 역사 이야기

A Brief History of Long-Distance Communication

기원전 2000년 무렵이 되면 한 장소에서 다른 장소로 소식을 전할 수 있게 됩니다. 아시리아문명은 특히 효율적인 우편 체계를 갖추고 있어서 편지, 메시지, 지불 대금을 아주 먼 곳까지 전송할 수 있었습니다. 이번에는 우편과 통신에 대한 여러 역사 이야기들을 전합니다.

◆ 최초의 비둘기 우편배달 제도는 기원전 2000년 무렵에 시행되었습니다. 고대 수메르인들은 비둘기들이 먼 거리로 날아갔다가 다시 돌아온다는 사실을 알게 되었어요. 이런 비둘기의 귀소본능과 방향감각을 이용하여 중요한 소식들을 주고받았습니다.

◆ 우편물 배달 제도는 기원전 1000년 무렵 고대 이집트와 중국에서 시행되었습니다.

◆ 기원전 6세기 페르시아제국에서는 약 2,600킬로미터 거리까지 단 9일 만에 편지를 배달할 수 있었습니다. 서부 개척 시대의 우편 서비스인 '조랑말 속달우편(Pony Express)'처럼 말을 탄 기수들이 릴레이를 통해 전달하는 방식이었습니다.

◆ 장거리 음식물 택배가 이미 10세기부터 시작되었습니다. 체리를 좋아하던 북아프리카의 '아지즈'라는 칼리프를 위해 신하들은 체리를 보낼 수 있는 방법을 고민했습니다. 그리고 비둘기 한 마리에 각각 체리 한 알을 매달아서 날려 보내기에 이르렀지요. 레바논에서 카이로까지 비둘기 600마리를 날렸답니다.

◆ 기원전 5세기에 고대 그리스의 극작가 아이스킬로스 Aeschylos, 기원전 525?~456는 자신의 희곡에서 그리스군이 트로이를 함락하였다는 소식을 봉화 신호로 전달하는 장면을 묘사합니다.

◆ 기원전 4세기에 전술에 대해 최초로 글을 쓴 그리스 작가 아에네아스 탁티쿠스는 횃불 신호를 통해 먼 거리에 비밀 메시지를 전하는 방법을 고안해 냈습니다.

◆ 기원전 2세기에 그리스의 역사가 폴리비오스 Polybios, 기원전 205?~125?는 더욱 복잡한 수기신호에 대해 기록합니다. 수기신호는 오늘날 주로 양손에 깃발을 들고 신호를 보내는 방법입니다. 사전에 의미를 정한 동작을 달리해서 신호를 보내는 것이지요. 그리스 시대에는 두 개의 횃불을 사용해서 비밀 암호를 보냈습니다. 이 암호는 보내는 사람과 받는 사람이 사전에 약속해서 정한 문자표의 위치를 가리켰습니다.

◆ 로마 사람들은 폴리비오스의 암호 체계를 조금 더 발

전시켰습니다. 그리하여 로마제국 전역의 요새들은 수백 킬로미터 너머까지 비밀 메시지를 전달할 수 있었답니다.

◆ 북아메리카 인디언들은 모닥불 연기로 신호를 보내 메시지를 전달했습니다. 콜럼버스가 대서양을 건너 처음으로 아메리카대륙에 발을 디뎠을 때에도 이 신호가 사용되었습니다. 이 방식은 콜럼버스가 오기 수세기 전부터 이미 사용되고 있었을 것입니다.

박물관 탐방을 마칠 시간입니다…

지금까지 꽤 오랜 시간 동안 저와 함께 물건의 연대기를 샅샅이 훑어보았지요. 전 세계 고대 발명품을 탐구하면서 얻은 가장 멋진 것이 있다면, 바로 문명의 흥망성쇠를 균형감을 갖고 바라보게 되었다는 점입니다. 기원전 2000년대의 어떤 이집트인, 또는 기원전 2세기의 어떤 아테네인, 또는 르네상스 시대를 살았던 어떤 이탈리아인에 대해 생각해 보세요. 우리는 지금껏 인간의 역사를 놓고 보았을 때, 시간의 흐름에 따라 앞으로 나아가고, 더 현명해지고, 더 과학적이되고, 더 계몽적이 되어 가는 것이라고 여겼습니다. 그런가하면 최신 발명품은 우리에게 경이로움을 주었고 앞으로도 멋진 발명품들이 계속해서 나오리라고 기대합니다. 기술과 과학은 꾸준히 발전할 것이고 우리 삶도 계속 편해지리라 믿지요.

하지만 과학과 기술은 발명·발견되는 만큼이나 소멸될 수도 있습니다. 이 책에서 언급된 몇몇 발명품의 경우는 이미 역사 속으로 사라지고 말았습니다. 앞으로도 영원히 다시 그 물건을 만들 수 없을지도 모릅니다. 이처럼 역사에는 지식이 사라지는 일이 빈번하게 일어났습니다. 또한 인간의 조건이 나빠졌던 암흑기와 대재앙이 숱하게 존재했지요. 우리가 오늘날 당연히 여기는 기술이 1000년 뒤에도 그 자리에 편안히 자리 잡고 있을까요? 그때쯤이면 우주와 한층 더 가까워지고, 발전된 에너지 체계에 의존하며, 코스모스와 아원자 물리학에 대해서도 꿰뚫고 있을까요? 어쩌면 조만간 1인용 비행기 '제트팩'과 하늘을 나는 '플라잉 카'를 타게 될지도 모르지요. 우리는 결국 이런 일들이 이뤄지기를 고대합니다.

하지만 어쩌면 상황이 우리의 바람대로만 흘러가지 않을 수도 있습니다. 인간 문명이 지금과는 전혀 다른 형태로 진화할 수도 있습니다. 인류가 달과 그 너머로 날아갔다는 사실, 전 세계의 발전된 통신망에 대한 이야기, 질병을 치료하고 인간 수명을 연장시켰던 이야기, 대양 너머로 항공기와 폭탄을 날려 보낸 것, 물질이 무엇으로 이루어졌는지 알아냈던 기억이 모두 소문으로만 남을 수도 있습니다.

물론 우리는 유토피아 버전이 실화이기를, 디스토피아 버전은 결코 현실이 되지 않기를 바라며 희망을 품어야겠지요. 하지만 그 사이에 우리는 지금 사용하는 기술들을 세세히 돌아보고 이해해 볼 필요가 있습니다. 이 책 하나에 담긴 기술만 해도 다양합니다. 볼펜과 종이 공책, 인쇄기… 이 모든 것들이 한때는 공상에 지나지 않았습니다. 우리가 사는 세상은 고대이든 현재이든 이 모든 것을 발명했던 누군가가 있기에 가능했습니다.

그리고 미래에 관한 한 가지 분명한 사실이 있습니다. 미래는 창조적인 인간에 의해 변화될 것이라는 사실 말입니다. 그것이 좋든, 나쁘든 말입니다.

감사의 말

이 책의 초고를 읽어 주고 유용한 피드백을 해 준 모든 사람에게 감사의 마음을 전합니다. 누구인지 본인들은 알 것입니다. 이 책을 의뢰해 준 루이즈 딕슨 그리고 자상하고 상세하게 도움을 준 개비 네메스를 비롯한 출판사의 모든 분께 감사드립니다. 그리고 딸과 무엇보다도 아내에게 고마운 마음을 전합니다.

찾아보기

도판 출처

19쪽: ⓒ경희원 / Plato's Alarm Clock

24쪽: ⓒAchillea / GNU General Public Licence version 2.

27쪽: ⓒAubrey Smith

33쪽: ⓒShutterstock

37쪽: ⓒCarole Raddato / Flickr / CC BY-SA 2.0

46쪽: Gift of Theodore M. Davis, 1907(07.226.1), Theodore M. Davis Collection, Bequest of Theodore M. Davis(30.8.54), Metropolitan Museum of Art, New York.

50쪽: ⓒAubrey Smith

67쪽: Rogers Fund, 1936, Metropolitan Museum of Art, New York.

71쪽: ⓒShutterstock

81쪽: from 《Science and Civilisation in China》: Volume 5, Part 1, Paper and Printing by Joseph Needham, Caves Books Ltd., Taipei 1986.

85쪽: An Old Sufi Laments His Lost Youth, ink and pigments on laid paper, 1597~1598 (Mughal), W.624.35A, acquired by Henry Walters, The Walters Museum of Art, Baltimore, USA.

108쪽: Queen Nefertari playing chess: fresco from the tomb of Nefertari, Thebes, 13th century B.C. The Yorck Project, 10,000 Meisterwerke der Malerei, DIRECTMEDIA Publishing GmBH.

111쪽: ⓒSelber / Wikimedia Commons / CC SA-BY 2.5

119쪽: Illustration from Knight's American Mechanical Dictionary, Houghton, Mifflin and Company, Boston, 1882.

123쪽: ⓒClipart

133쪽: ⓒGetty Images

140쪽: ⓒShutterstock

북트리거 포스트

북트리거 페이스북

방구석 박물관

플라톤의 알람시계부터 나노 기술까지
고대인의 물건에 담긴 기발한 세계사

1판 1쇄 발행일 2019년 7월 15일
1판 2쇄 발행일 2019년 9월 10일

지은이 제임스 M. 러셀 | 옮긴이 안희정
펴낸이 권준구 | 펴낸곳 (주)지학사
본부장 황홍규 | 편집장 윤소현 | 팀장 김지영 | 기획·책임편집 전해인
디자인 정은경디자인 | 마케팅 송성만 손정빈 윤술옥 이승혜 | 제작 김현정 이진형 강석준
등록 2017년 2월 9일(제2017-000034호) | 주소 서울시 마포구 신촌로6길 5
전화 02.330.5265 | 팩스 02.3141.4488 | 이메일 booktrigger@naver.com
홈페이지 www.jihak.co.kr | 포스트 http://post.naver.com/booktrigger
페이스북 www.facebook.com/booktrigger

ISBN 979-11-89799-11-3 03900

이 도서의 국립중앙도서관 출판예정도서목록(CIP)은 서지정보유통지원시스템
홈페이지(http://seoji.nl.go.kr)와 국가자료공동목록시스템(http://www.nl.go.kr/kolisne)
에서 이용하실 수 있습니다. (CIP제어번호 : CIP2019024988)

북트리거

트리거(trigger)는 '방아쇠, 계기, 유인, 자극'을 뜻합니다.
북트리거는 나와 사물, 이웃과 세상을 바라보는 시선에 신선한 자극을 주는 책을 펴냅니다.